50歳からはじめる

俳句 川柳 短歌の教科書

〈監修〉
俳句 坊城俊樹
川柳 やすみりえ
短歌 東直子

土屋書店

Tripartite Talk

「はじめに」にかえて

俳句・川柳・短歌の世界を、監修者がそれぞれの立場から語る

俳句・川柳・短歌。すべて日本の短詩型であるにもかかわらず、実は三者が一堂に会するのは稀（まれ）。

これらは似ているけれど、相容（あいい）れない世界なのか？

それぞれの世界を代表して、三人の監修者が俳句・川柳・短歌を語る。

監修者紹介

俳句監修

俳人 坊城俊樹 *Toshiki Bojo*

俳誌『花鳥』主宰。日本伝統俳句協会常務理事。国際俳句交流協会監事。日本文藝家協会会員。また、ＮＨＫ文化センター講師をはじめ、信濃毎日新聞「フォト×俳句」の選者のほか、平成１５年より２年間「ＮＨＫ俳壇」の選者も務める。俳人としても選者としても、多くの俳句愛好家から慕われているひとり。句集に『零』『あめふらし』（ともに日本伝統俳句協会）、著書に『切り捨て御免』（朝日新聞社）、『丑三つの厨のバナナ曲るなり』（リヨン社）、『坊城俊樹の空飛ぶ俳句教室』（飯塚書店）などがある。

川柳監修

川柳作家 やすみりえ *Rie Yasumi*

全日本川柳協会会員。川柳人協会会員。文化審議会国語分科会委員。大学卒業後、本格的に川柳の世界へ入り、恋を題材に詠んだ句で幅広い世代から人気を得る。抒情（じょじょう）的川柳を提唱し、現在、多数の企業や市町村が公募する川柳の選者・監修を務めるかたわら、全国各地で初心者向けの川柳教室を開催。朝日カルチャーセンター、ＮＨＫ文化センターなどでも川柳講座を担当。テレビやラジオなどへの出演も多く、川柳の魅力を伝える活動に力を注いでいる。句集『ハッピーエンドにさせてくれない神様ね』（新葉館）、著書に『やすみりえのトキメキ川柳』（浪速社）などがある。

短歌監修

歌人 東直子 *Naoko Higashi*

現代歌人協会理事。２０代で雑誌に短歌投稿を始め、常連の入選者となる。歌人集団「かばん」所属。平成８年、「草かんむりの訪問者」で第７回歌壇賞を受賞。その後、「ＮＨＫ歌壇」の選者も務める。近年は短歌のほかに小説やエッセイ、絵本等の執筆にも力を入れている。歌集は、『春原さんのリコーダー 』『青卵』（ともに本阿弥書店）、『十階』（ふらんす堂）など。著書に小説『とりつくしま』（ちくま文庫）、『トマト・ケチャップ・ス』（講談社）、エッセイ集『耳うらの星』（幻戯書房）、穂村弘と沢田康彦との共著に短歌入門書『ひとりの夜を短歌とあそぼう』（角川ソフィア文庫）などがある。

Tripartite Talk

三者は親戚関係!?
切磋琢磨し合っている
俳句、川柳、短歌の世界

――俳句・川柳・短歌が一堂に会することは少ないと思いますが、実は似ているようで、相容れない世界なのでしょうか？

俳人・坊城俊樹（以下、坊城）：相容れないなんて、そんなことありませんよ。世間からそう思われているなんて、考えてもみなかったです。

川柳作家・やすみりえ（以下、やすみ）：私の川柳教室には、俳句を詠んでいた方もいらっしゃいますし、俳句と川柳をどちらも楽しむ方もいらっしゃるほどです。私自身も俳句会へ参加しているんですよ。

歌人・東直子（以下、東）：実は私も歌を詠みつつ、俳句も詠みます。歌人（短歌を詠む人のこと）の中には、楽しみとして俳句をたしなむ人もいますね。俳句は季語や切れなど決まり事が多いので、ゲーム感覚があって新鮮なんです。また、柳人（川柳を詠む人のこと）の方ともイベントなどでお会いすることがあって、交流する機会が増えましたし、若い俳人（俳句を詠む人のこと）と若い歌人が積極的に交流して、お互いの世界の理解を深めています。

やすみ：私たち短詩型は、いわば親戚のような関係なんですよね。

鑑賞して、詠んで
心地よい、楽しいと
思える詩型を選んで

――親戚のような三者ですが、ではなぜ、みなさんその詩型にたどり着いたのでしょうか？

坊城：実は坊城家は和歌の血筋でもあります。でも私の場合は、両親も叔母も曾祖父の影響から俳句を詠んでいましたから、自然とこちらになりましたね。また、私には俳句のほうが詠みやすく、心地よかったというのも理由です。

やすみ：体に馴染むのは大切ですよね。私は二十代半ばごろ、たまたま川柳の句集をプレゼントされたことがきっかけです。それを

読んで、マネして作ってみようと思ったのが始まり。そして、実際に始めてみたら、楽しかったんですよね。でも実は、短詩型で一番最初に興味をもったのは短歌だったんですよ。中学生のとき、俵万智さんの歌集をお小遣いで買いました。そのとき短歌に飛び込んでいたら、私は今、柳人ではなかったかもしれません。

東：やすみさんが、歌人になっていた可能性があったなんてびっくりです。私が短歌を始めたのも二十代の半ば。そのとき私には子どもが二人いて、専業主婦だったんですよ。大学時代に演劇研究会で脚本を書いてはいましたが、短歌はあるファンタジー雑誌で公募が始まったのをみかけて、応募したのがきっかけです。

坊城：お二人はなんだか似ていますね。きっかけが巧まずしてもたらされたところや、始めた年齢も。川柳と短歌は、句や歌に情が入るところも共通しています。

東：感情を入れるところに惹かれて、それを表現するのがお互いに楽しいんですね。きっと。

句や歌が作りやすい自分のスタイルを確立すると◎

――句や歌はどういったときに浮かんできますか？

やすみ：乗り物に乗っているときが一番思い浮かびます。自転車、バス、船、電車、飛行機など。なぜか集中できるんです。身をゆだねているのがいいのかしら。

坊城：私も外で作ることが多いですね。俳句会もいわば外出先ですし、外で取材をして句を詠みます。

東：人間は、立っているときと座っているときで思考が違うといいますから、動きながら詠むのはなにかの感覚が働くのではないでしょうか。という私は、今はじっと座って作ることが多いです。育児をしていたときは、掃除や炊事洗濯をしながら作っていましたが……。歌人の中には、わざわざ騒がしい喫茶店に行って作るという人もいるんですよ。

――いつものスタイルで句や歌が浮かばないときは、どうするのでしょうか？

やすみ：いよいよダメなときは、いさぎよく句作りをやめますね。恋愛と一緒で、大嫌いになる前に一度距離を置きます（笑）。

東：そうそう、距離を置くのは大切です。私も歌を鑑賞したり、選歌したりするのをいったんやめます。短歌を大量に読んでいると、それぞれの想いが体に溜まって疲れてしまうので。

坊城：句や歌を詠むスタイルやスランプの対処が、共通していたり、そうでなかったりするのがおもしろいですね。俳句の場合は風景を詠む手前、基本的に外がふさわしいのですが、川柳と短歌は一概にそうとはいえません。とにかく、

その詩型と自分に合ったスタイルを探すのが大切ですね。それが句作り、歌作りを長く楽しむコツでもあります。

短歌は男性が増え、俳句は人口増、川柳は潜在的人口トップ

――俳句、川柳、短歌の世界は、現在、どのような状況にあるのでしょうか？

東：短歌は恋を詠むのが重要なテーマですので、若い方が始められるのだと思います。以前は女性が多かったのですが、最近では男性の愛好者が増えて活発に活動しています。グループで合宿なども行っているようです。

坊城：俳句界は、現在二百万人ほど愛好者がいるといわれています。結社（同じ感覚をもった俳人が集まった団体）も以前より増えて、八百はあると聞いていますね。でも、最近だと潜在的に詠んでいる人口が多いのは、川柳ではないですか？

やすみ：結社に属していない人や愛好者グループにも入らず活動している人、そのほかに公募などでひっそりと楽しんでいる人を含めると、川柳人口は相当、多いかもしれませんね。

――それぞれ受け入れられている

世代や規模が違うようですが、そのほかに変わってきたことはありますか？

東：ひと昔前なら、結社に入らないと投稿する場がなくて、作品を発表できませんでしたが、現在はそれに入らずとも、ネットを利用して気軽に発表できるようになりました。

坊城：俳句会も、ネットで行っているところがありますよ。

やすみ：ネットは自分の作品をたくさんの方に見ていただける、いい場所ですよね。

坊城：そのほか普通の作品だけでなく、俳句や川柳では、写真と一緒に句を詠むことも公募しています。ネットでは公開しているサイトもありましたね。フォト短歌もあったら、どのような写真がつくのか、おもしろいですね。

短歌は秘密の小部屋、俳句はリビングや縁側、川柳は玄関先や街角の詩

――三者とも間口が広がっているようですが、これから俳句、川柳、短歌を始める方に、始めるにあたってアドバイスをお願いします。

やすみ：川柳でいうなら、ダジャレではなくて、人間を丁寧に見つめて詠んでほしいですね。これから始めるなら、ぜひその視点をもってほしいです。

坊城：俳句は、短歌や川柳のように恋の内容は少ないです。人よりも、季節に恋するという俳句の視点を大切にしてほしいです。

東：短歌は自分の気持ちを歌に込める詩です。感情を込めるので、少し恥ずかしさを感じる方もいるようですけれど……。

坊城：いやいや。五十歳の短歌って、情熱的でいいと思うよ。名づけて、情熱短歌！　どうだろう。

一同：（笑）

東：そういえば、榊吾郎（さかきごろう）さんという方の歌で「抱きたくて声聞きたくて会いたくて五十の恋の春ど真ん中」、「音楽会白い帽子の君がいて声をかけずに一人肉まん」という歌がありました。

坊城：おもしろいね。最後の肉まんがとても個性的でシャレている。

やすみ：今の話を聞いていて思ったんですが、短歌は自分だけの秘密の小部屋という印象で、俳句はリビングや縁側。川柳は玄関先や街角の立ち話みたいなイメージじゃないでしょうか。

坊城：それぞれの立ち位置が分かるたとえですね。

――最後に、詩を始めると、どんなことがこれから待っているでしょうか？

東：私は専業主婦で社会との接点も少なかったので、歌を始めてから世界が本当に広がりましたね。なにより、自分の作品がたくさんの人に見てもらえたことが喜びになりました。

坊城：私はもっと別の感覚を得ました。俳句を詠みつつ、絵を描いているような。感性を磨けたかな。

やすみ：そうですね。句を詠むことで日々、心が元気に生活できます。

共通点もあり、相違点もあり、同じ短詩型といえど三者はそれぞれ。しかし、どんなかたちであっても、詩作りは日々の楽しさだけでなく、表現者として考えるおもしろさも与えてくれるようです。これからさっそく、その世界を訪れてみましょう。

もくじ

序章 俳句・川柳・短歌ってなに？

そもそもなにが違う？ どこが違う？ 俳句・川柳・短歌を知ろう！……16
どこが、なにが違うかわかりましたか？ 俳句・川柳・短歌はこのように違う！……18
これで一目瞭然！ もっと俳句・川柳・短歌を比べてみよう……20
自分は俳句・川柳・短歌のどれを詠むのがふさわしい？……22

詠む前に絶対に覚えておこう！ 三者に共通する基本的なルール
一 定型をものにしないとうまくならない！……24
二 音数の数え方を身につける……26
三 読み手のことを考えて句・歌を作ること……28

バリエーションが広がる！ 三者に共通する句・歌を作るときの技法
一 ひとひねりと頷きを与える比喩技法……30
二 インパクトを与えるオノマトペの技法……32
三 言葉を強調できるリフレインの技法……34

コラム 俳句・川柳・短歌 上手になるには、名句・名歌を鑑賞するのも近道……36

第一章 俳句を始めよう！

今日から俳句を始めよう！　という人に向けて……38
これだけは覚えておきたい！　俳句の三つのルール……40
勉強しているだけでは始まらない！　さっそく俳句を詠んでみよう！……42

俳人への道

❶ 俳句を詠むには、風景を俳句的に見なければならない……44
❷ 俳句の主役でもある季語をもっと詳しく知ろう……46
❸ 季語を使いこなすには、歳時記を知ることが大切……48
❹ 季語にはミスマッチも！　季語を使うときの注意点……50
❺ 俳句が俳句たる表現方法「切れ」について……52
❻ 「切れ」のある句にするには？　切れ字を使いこなそう……54
❼ 句材も限定して、言葉も削って……俳句的省略の美学……56
❽ 作句に馴れてくると使われる破調という技法……58
❾ 言葉の化学反応、一物仕立てと二物衝撃というテクニック……60
❿ 歴史的仮名遣い？　現代仮名遣い？　俳句的言葉の選択……62
⓫ 数字や新しい言葉などの特殊な表現・言葉について……64
⓬ たかが一文字、されど一文字。句の印象を左右する助詞を考える……66
⓭ 俳句を作る近道は、俳句にあり！　名句を鑑賞しよう……68
⓮ 現代俳句、投稿句なども作句の参考に！……70
⓯ あと一歩が肝心！　実際の句でみる推敲のポイント……72
⓰ 俳句の腕を磨きたい人は句会に参加してみよう……74

コラム　俳句の素朴な疑問に答えます！……76

第二章 川柳を始めよう！

今日から川柳を始めよう！　という人に向けて …… 78
これだけは覚えておきたい！　川柳の三つのルール …… 80
勉強しているだけでは始まらない！　さっそく川柳を詠んでみよう …… 82

柳人への道

1 川柳を詠むためにはなにを、どのような視点でみればいいのか？ …… 84
2 川柳の三要素「軽み」、それはリズムでもある …… 86
3 川柳のリズムをもっと楽しもう！　破調を句に取り入れてみる …… 88
4 取り合わせの妙。二物衝撃と一字空けについて …… 90
5 川柳に季語は必要？　川柳の季語の考え方 …… 92
6 句を引き締める数字を句に使ってみよう …… 94
7 省略するか、長い言葉を使うか、言葉選びを考える …… 96
8 おんな、女、オンナ……？　視覚的な言葉選びも重要 …… 98
9 新しい言葉やルビなど、特殊な表現を使うときの注意 …… 100
10 話し言葉や方言を句に盛り込んでみる …… 102
11 ここが肝心！　下五をまとめれば、句は一段とよくなる …… 104
12 言葉が浮かばない……、どうしても句が作れないときは …… 106
13 川柳を作る近道は、川柳にあり！　名句を鑑賞しよう …… 108
14 現代川柳、投稿句なども作句の参考に！ …… 110
15 あと一歩が肝心！　実際の句でみる推敲のポイント …… 112
16 川柳の腕を磨きたい人は句会に参加してみよう …… 114
コラム　川柳の素朴な疑問に答えます！ …… 116

第三章 短歌を始めよう!

今日から短歌を始めよう! という人に向けて …… 118
これだけは覚えておきたい! 短歌の三つのルール …… 120
勉強しているだけでは始まらない! さっそく短歌を詠んでみよう …… 122

歌人への道

1 短歌を詠むにはなにから発想を得ればいいのか? …… 124
2 短歌はどんな言葉で詠むのがふさわしいのか? …… 126
3 短歌は歌の一種。音の響きを意識して詠んでみよう …… 128
4 思いが募ったり、溢れたら……破調で歌を表現してみよう …… 130
5 歌のバリエーション。「枕詞」と「序詞」を歌に取り入れてみる …… 132
6 歌を知ればこんな技法も。「本歌取り」の注意点 …… 134
7 こんな歌の作り方も。「詞書」と「折り句」のテクニック …… 136
8 歌にもっと深みを与える、一歩進んだ短歌的な表現を知ろう …… 138
9 やってしまいがちな避けたい用法 …… 140
10 話し言葉や数字を盛り込むと、一層おもしろい歌が創造できる …… 142
11 新しい言葉やルビなど、特殊な表現を使うときは …… 144
12 一人称、二人称、言葉の選択次第で歌はこんなに違ってくる …… 146
13 短歌を作る近道は、短歌にあり! 名歌を鑑賞しよう …… 148
14 現代短歌、投稿歌なども作歌の参考に! …… 150
15 あと一歩が肝心! 実際の歌でみる推敲のポイント …… 152
16 短歌の腕を磨きたい人は歌会に参加してみよう …… 154
コラム 短歌の素朴な疑問に答えます! …… 156

俳句公募ガイド
勇気を出して、投句してみよう！ …… 157
川柳公募ガイド
発表できる場はたくさんある！ …… 158
短歌公募ガイド
腕試しと短歌力をつける！ …… 159

本書では「詠む」と「読む」を区別して使用しています。句や歌を作る場合は、「詠む」と使用し、それ以外を「読む」としています。
一般的に俳句と川柳は「十七文字」、短歌は「三十一文字」の文芸と言われていますが、音数を基本に数えるため俳句と川柳は「十七音」、短歌は「三十一音」と表現しています。

本書のルビについて
掲載作品のルビは、原句もしくは原歌にないものもあります。それは出版社である土屋書店編集部の責任においてつけさせていただいたものであり、監修者の指示によるものではありません。

章

俳句・川柳・短歌ってなに？

そもそもなにが違う？　どこが違う？

俳句・川柳・短歌を知ろう！

「風」をテーマに俳句・川柳・短歌を詠み比べ。
さて、どこが違うか、なにが違うかわかるだろうか？

俳句
どの風の中にも祭囃子（まつりばやし）かな（坊城俊樹）
［町の中で祭りがあり、その囃子の音が風にのってどこからか聞こえてくる様子を詠んだ句。］

川柳
抱きしめた風はあなたの温度です（やすみりえ）
［温もりのある風、冷たい風など、風にはそれぞれ温度がある。それをどのように感じるかは、そのときの心境に左右されるものだと詠んだ句。］

短歌
あのときはやさしかったし吹く風になにか千切ってやまないこころ（東直子）
［少し遠ざかってしまった人の、優しかったころを思い出して詠んだ歌。風にちぎれて飛んでいくなにかが心のようで、切ない雰囲気を出している。］

すべて定型詩だけど、音数も、ルールも詠む内容も違う！

俳句、川柳、短歌は、すべて和歌を由来とし、そこを起点に長い時間をかけて変化してきた定型詩です。しかし、定型詩ではありますが、**俳句と川柳は五七五の十七音、短歌は五七五七七の三十一音**で表現され、詠まれる音数が違います。さらに、季語についての姿勢にも相違がみられま

俳句・川柳・短歌の流れ

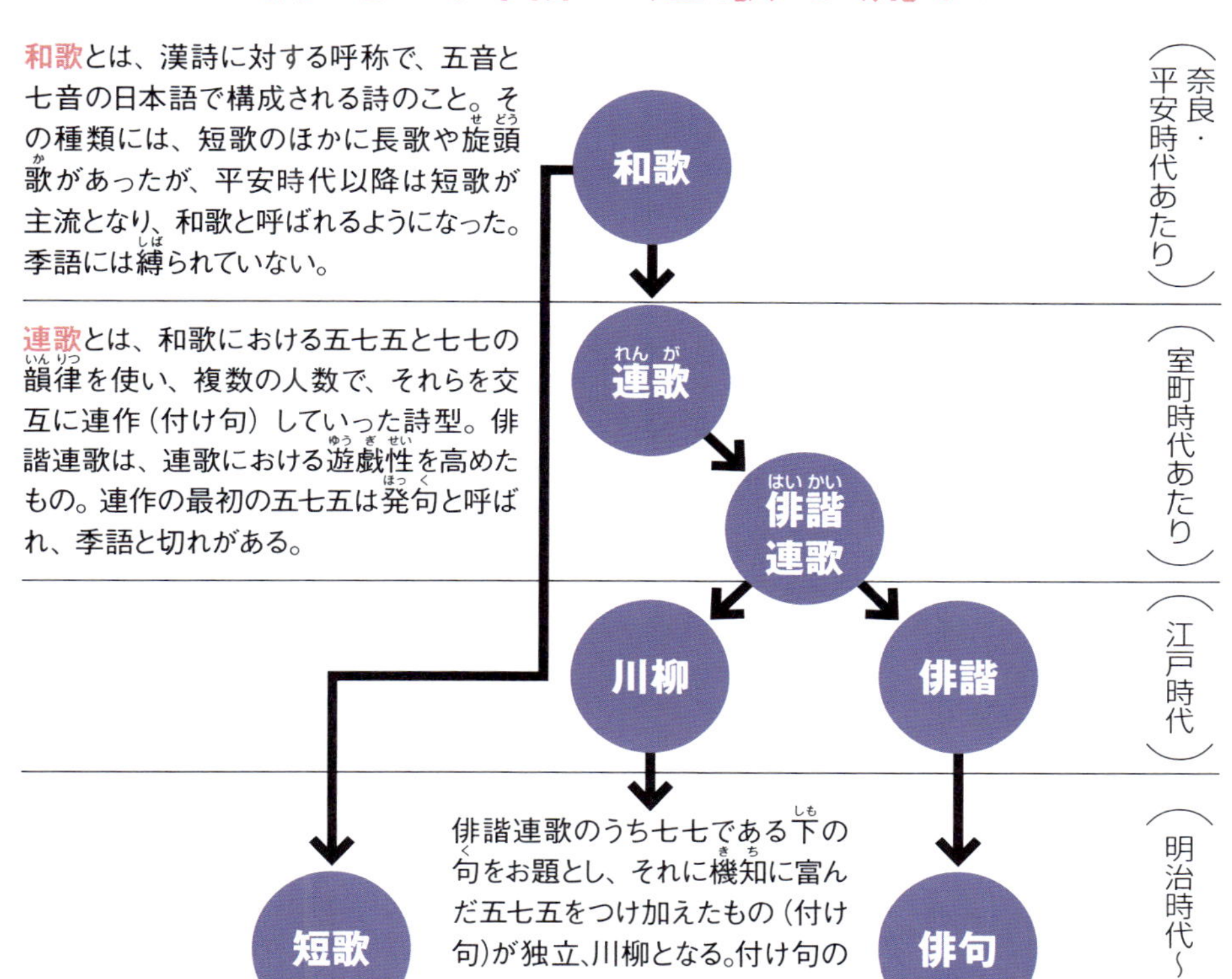

和歌とは、漢詩に対する呼称で、五音と七音の日本語で構成される詩のこと。その種類には、短歌のほかに長歌や旋頭歌があったが、平安時代以降は短歌が主流となり、和歌と呼ばれるようになった。季語には縛られていない。

連歌とは、和歌における五七五と七七の韻律を使い、複数の人数で、それらを交互に連作（付け句）していった詩型。俳諧連歌は、連歌における遊戯性を高めたもの。連作の最初の五七五は発句と呼ばれ、季語と切れがある。

俳諧連歌のうち七七である下の句をお題とし、それに機知に富んだ五七五をつけ加えたもの（付け句）が独立､川柳となる｡付け句のため、季語や切れの制約はない。

明治時代初期に、正岡子規らが和歌の革新を唱えて、近代短歌を創出。季語には縛られず、近代化された新しい時代に合わせた、固有の言語表現を可能にした。

俳諧連歌のうち最初の五七五（発句）が江戸時代・松尾芭蕉の時期に独立、明治時代に俳句と称される。発句は季語と切れがあるため、俳句はそれらを重要視する。

す。日本の定型詩というと、季語を入れなければならないと思っている方が多いようですが、**季語が必要なのは俳句のみ**。川柳と短歌は、自然に句や歌に読み込まれていればいいというスタンスで、意識して入れる必要はありません。

さらにこの三者で違うのは、詠まれる内容です。俳句は叙景詩といわれ、事物や風景を詠みます。一方、川柳は人間を客観的視点で詠み、短歌は個人の感覚や感情を風景を伴って詠みます。三者は似ているようで、その実、大きく相違があるのです。これをまずは理解しましょう。

どこがなにが違うかわかりましたか?

俳句・川柳・短歌はこのように違う!

俳句

どの風の中にも祭囃子(まつりばやし)かな（坊城俊樹）

・**音数は五七五の十七音**。
・**季語が必要**。この句の場合、祭囃子が夏の季語。
・**風景を切り取るように**詠む。

川柳

抱きしめた風はあなたの温度です（やすみりえ）

・**音数は五七五の十七音**。
・**季語は基本的に不要**。小道具的に入ることがある。この句には季語はなし。
・生活や社会、時代に絡(から)めて**人間を詠む**。

違いを知って自分にふさわしい詩型を見つけよう

さて、俳句、川柳、短歌の違いを実際にみていきましょう。

俳句と川柳は五七五の十七音で表現され、短歌は五七五七七の三十一音で詠まれています。季語の役割も違っていて、**俳句は季語が句の主役**となっています。つまりこの句は、季語がなければ成立せず、その風景を映し出

短歌

あのときはやさしかったし吹く風になにか千切ってやまないこころ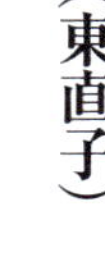（東直子）

・**音数は五七五七七の三十一音。**
・**季語は必ずしも入れる必要はない。**
・**作者の感覚や感情**を**風景を伴いながら**詠む。

「空」をテーマに俳句・川柳・短歌を詠んだ場合。もう一度、違いを考えてみよう。

俳句
鉄の音一つ轟く冬の空（坊城俊樹）

川柳
空へＫＩＳＳあなたを想う朝だから（やすみりえ）

短歌
ただ生きているだけでいい？こんなにも空があおくて水がしずかで（東直子）

せないのです。

他方、川柳と短歌は季語には縛られない詩型なので、詠み込まれていません。仮に詠み込まれていたとしても、季語が与えるイメージの恩恵はあるものの、俳句のように作品の主役ではありません。

句や歌に詠まれている内容にも注目しましょう。それぞれ、立ち位置が違っているのがわかるでしょうか。**俳句は風景を切り取り、川柳は人間を詠み、短歌は個人の感覚や心情**を詠んでいます。

これらを始める際は、自分がどんな内容を詠みたいか、どの詩型が一番ふさわしいのか今一度考えてみましょう。

これで一目瞭然！

もっと俳句・川柳・短歌を比べてみよう

	俳　句
作品例	どの風の中にも祭囃子かな
音数	五七五
発祥時代	江戸時代。「俳句」と表現されるようになったのは明治時代。
季語	**季語が主役。→46Pへ**
使用する言葉	現代仮名遣いで口語体でも使用できるが、歴史的仮名遣いで文語が主流。**→62Pへ**
感情表現	個人的な心情や思想は季語で連想させたり、婉曲な言い回しをしたりして、直接的な表現は避ける。
新しい言葉への対応	普遍性を好む俳句では、瞬発力がある新しい言葉はやや受け入れがたい傾向にある。**→64Pへ**
特徴	**事物や風景を描写するのが特徴。**切れと省略を好み、余韻が大切。従って、作者の個人的な状況や心理を直接的に表現することを嫌う傾向にある。**→40Pへ**
そのほか	作品は**句**と呼ぶ。作品を数えるときは、一句、二句。句を作る場合は、句を詠む、句を作る、作句するともいう。歌、首という表現は用いない。俳句を詠む人を俳人と呼ぶ。一句内の構成は、最初の五音を上五と呼び、次の七音を中七、最後の五音を下五と呼ぶ。

それぞれの特徴をさらに詳しく知っておこう

三者の違いをもっと細かくみていきましょう。

上の表からもわかるように、句や歌を詠む際に使われる言葉であったり、新しい言葉に対する姿勢であったり、さまざまな相違点があります。また、三者の句や歌に対する呼び名も違うので覚えておきましょう。俳句と川柳は、作品

短　歌	川　柳
あのときはやさしかったし吹く風になにか千切ってやまないこころ	抱きしめた風はあなたの温度です
五七五七七	五七五
和歌は奈良時代から。短歌と呼ばれるようになったのは、明治時代。	江戸時代
必ずしも入れる必要はない。**→120Pへ**	基本的に不要。小道具的な役割として季語が入ることがある。**→92Pへ**
現代仮名遣いで口語体が主流。作風として文語を使用する歌人がいたり、効果を狙って文語口語混じりを使う歌人も。**→126Pへ**	現代仮名遣いで口語体が主流。**→102Pへ**
短歌は作者の感覚や感情を、風景を伴って詠む。	生活や社会、時代に絡めて人間の喜怒哀楽を自由に詠める文芸のため、想いをのせることができる。
柔軟ではあるが、それが作者の心情をよりよく表現できる場合に使われる。また、新しい言葉を使ったとしても、歌に普遍性をもたせることが必要。**→144Pへ**	柔軟ではあるが、安易に使うと言葉（句）がすぐに古くなってしまうため使用するには注意が必要。新しい言葉を使用するときは、句に普遍性をもたせることが大切。**→100Pへ**
作者の個人的な主観、感情、心情をより細かく表現できる。→120Pへ**	**「人間を詠む」のが特徴。**ダジャレや標語ではない。現代の三部門＝ユーモア（笑い）、叙情的、時事が主流。**→ 80Pへ**
作品は歌と呼ぶ。作品を数えるときは一首、二首。歌を作る場合は、歌を詠む、歌を作る、作歌するともいう。句という表現は作品を数えるときは用いない。短歌を詠む人を歌人と呼ぶ。一首内の構成は、最初の五音を初句と呼び、次の句以降を二句目、三句目、四句目と称し、最後の七音を結句と呼ぶ。	作品は句と呼ぶ。作品を数えるときは、一句、二句。句を作る場合は、句を詠む、句を作る、作句するともいう。歌、首という表現は用いない。川柳を詠む人を柳人と呼ぶ。一句内の構成は、最初の五音を上五と呼び、次の七音を中七、最後の五音を下五と呼ぶ。

を「句」と呼び、それを数える際は「一句」「二句」と数えます。これに対して短歌は「歌」と表現し、「一首」「二首」と数えます。

俳句と川柳の句の中身は、最初の五音を上五、真ん中の七音を中七、最後の五音を下五といいます。短歌の場合は、最初の五音を初句、次から二句、三句となり、最後を結句といいます。

さらに、俳句を詠む人を俳人、川柳を詠む人を柳人、短歌を詠む人を歌人といいます。各界では使い分けられていますから、こういったことも覚えておくと損はありません。

やってみよう！

自分は俳句・川柳・短歌のどれを詠むのがふさわしい？

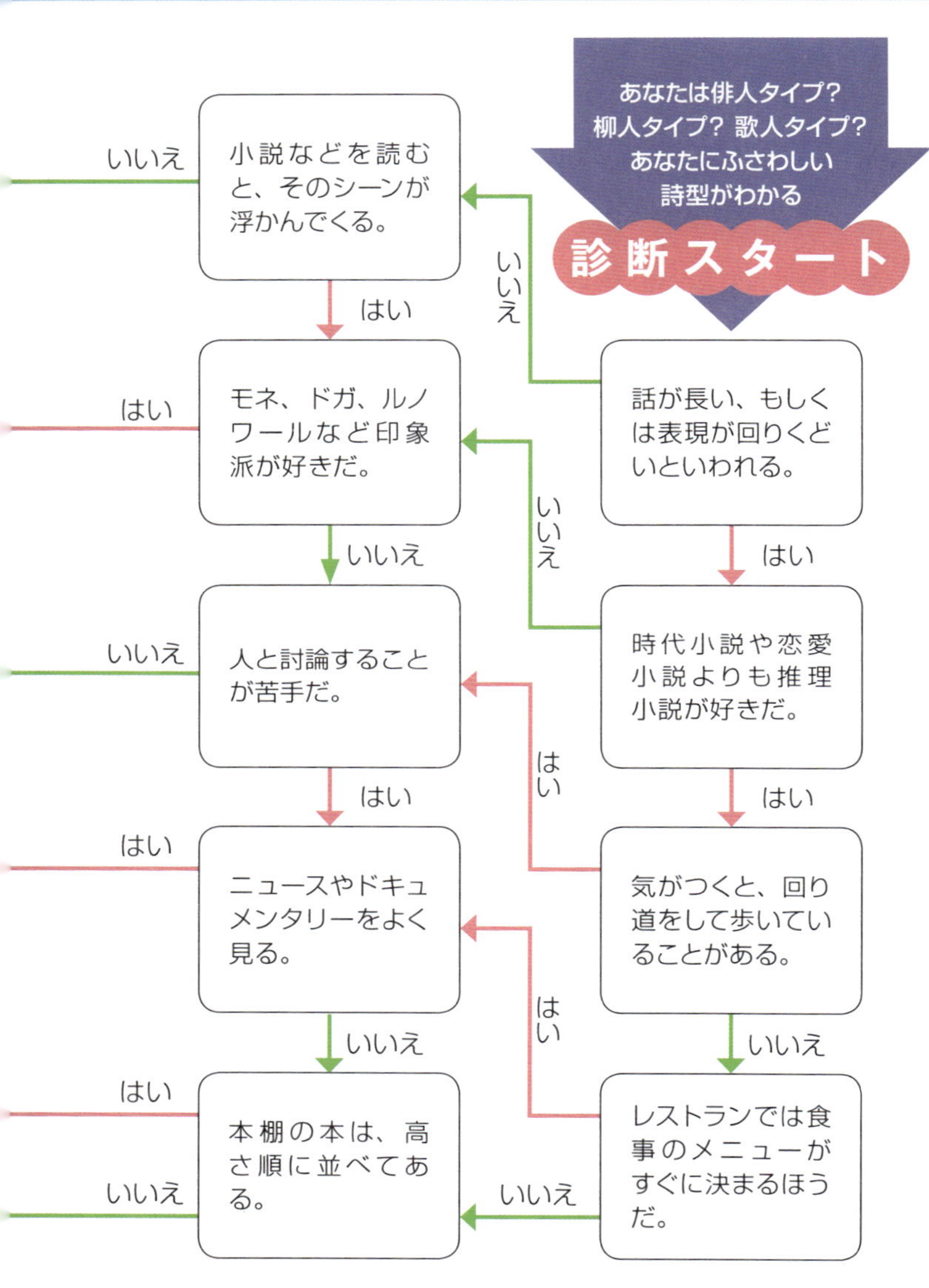

あなたは俳人タイプ？
柳人タイプ？ 歌人タイプ？
あなたにふさわしい
詩型がわかる
診断スタート
話が長い、もしくは表現が回りくどいといわれる。
時代小説や恋愛小説よりも推理小説が好きだ。
気がつくと、回り道をして歩いていることがある。
レストランでは食事のメニューがすぐに決まるほうだ。
小説などを読むと、そのシーンが浮かんでくる。
モネ、ドガ、ルノワールなど印象派が好きだ。
人と討論することが苦手だ。
ニュースやドキュメンタリーをよく見る。
本棚の本は、高さ順に並べてある。
はい
いいえ

1 と診断されたあなたは…

俳人（はいじん）タイプ

周りのことがよくみえて、頭の回転が早いあなたは、「俳句」がふさわしいようです。周囲の景色が気になったら、ぜひ俳句を作ってみて。

このチャートの結果がすべてではありません。一番大切なのは、自分が楽しい、心地よいと思った詩型を選択することです。

はい
いいえ
人前で歌ったり、スピーチしたりするのは昔から得意である。
はい
気が短いほうだ。
いいえ
1
3
はい
いいえ
よく気が利くといわれる。
いいえ
考え事をしていると、いつの間にか長い時間が経っていることがある。
はい
2
1
はい
いいえ
新しいものはすぐに取り入れる。
はい
複数の本を同時に読んでいる。
いいえ
3
1
はい
いいえ
ついつい人間観察をしてしまう。
はい
季節には敏感である。
いいえ
2
1
はい
はい
いいえ
手紙やメールの文章など、自分の書いたものは何度も見返す。
いいえ
人を笑わせるのが得意である。もしくは冗談をいうことが多い。
3
2

3 と診断されたあなたは…

歌人タイプ

自分の中に小宇宙があるあなたは､「短歌」がふさわしいようです。うれしい、悲しいなど、自分の感情を表現したくなったら、ぜひ短歌を作ってみて。

2 と診断されたあなたは…

柳人タイプ

何事に対しても好奇心旺盛で、行動的なあなたは、「川柳」がふさわしいようです。自分を含む人間を客観的にみて、興味深いことがあったら、ぜひ川柳を作ってみて。

詠む前に絶対に覚えておこう！

三者に共通する基本的なルール

定型をものにしないとうまくならない！

定型をしっかり守ってリズムを体に染み込ませよう

俳句、川柳、短歌は、音数の違いこそあれ、すべて定型詩です。定型詩作りのおもしろいところは、限られた音数の中で、どこまで自分の感覚を自分の言葉で表現できるかという点でしょう。

もし定型が体に染み込んでいない場合、上の例のように、リズムが悪かったり、言葉の

もしも定型が体に染み込んでいなかったら散らかしっぱなしの作品になる！

✕ よりそう二人のあとに雪が降る

俳句は五七五の十七音。しかしこの句は、上五（かみご）（最初の五音の部分）が一音足りない！　内容はいいのに、これでは句として不完全！

○ よりそうて二人のあとに雪が降る

「よりそうて」とするとグッド！

川柳

× **イケメンのいる打ち合わせにはワンピース**

川柳は五七五の十七音。中七（真ん中の七音の部分）が二音多い！　推敲していないことが丸わかり！

○ **イケメンのいる打ち合わせワンピース**

「打ち合わせには」の「には」を削除。この句の場合、「には」がなくても、内容が通じる。

短歌

× **嗄れた手を取り歩く黄金路はこうばしい香りとキャンディー**

短歌は五七五七七の三十一音。下の句全体が字余り。リズムが悪く、推敲した形跡がない！

○ **嗄れた手を取り歩く黄金路はパンの香りとのど飴の味**

四句目と結句は今のイメージを具体的な言葉に変えて、定型の音数にすると全体の調子がよくなる。

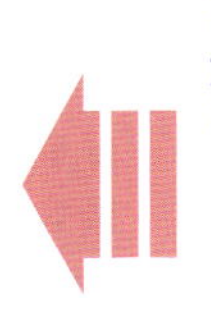

定型に沿わせることは**「推敲」**すること。つまり、これがよい句・よい歌を作る第一歩となる。さらに今後、破調（字余りや句またがりなどの技法）にした場合、定型が体に染み込んでいないと意図性が感じられない作品になる。

選択がイマイチだったりして、散らかしっぱなしの作品になります。どんなに有名な詠み手でも、定型詩を詠む人は**決められた音数に沿わせることを基本**としています。初心者なら、なおさらここから出発しなければ、上達は見込めません。

こぼれ話

定型を基本としてこそ、作句や作歌におもしろみが増しますが、実は定型を基本として欲しい理由はほかにも。俳句・川柳・短歌共通して、コンテストでは破調作品は落選の対象となることが多いそう。よほど優れた作品でない限り、選考に残らないといいます。

音数の数え方を身につける

定型を守るには、言葉の音の数え方が重要！

1 「あ」から「ん」

通常の文字五十音はすべて一音として数える。
※「ん」は撥音と呼ばれている。

▼新幹線（六音）、いい気分（五音）、銀（二音）

2 「ー」長音

ひとつの音を長く伸ばして発音する音を長音という。
長音は一音として数える。

▼ハーモニカ（五音）、パレード（四音）

3 「っ」促音

詰まる音。表記は小さい文字だが、一音として数える。

▼とっても（四音）、切手（三音）

プロでも上級者でも、指を折って数えることがある！

定型に句や歌を沿わせるには、言葉の数え方（ちなみに文字ではなく、音で数えるため音数という）を知っておかなくてはなりません。ここでは**基本的な言葉の音の数え方**について覚えましょう。

まず、通常の五十音はすべて一音と数えます。「ん」も一音として数えます。また、「ハーモニカ」など、「ー」長音も一音として数えます。続いて、「切手」などに入っている小さい「っ」も一音として数えます。これは、古来は大きい「つ」で表されたこ

4 「しゃ」「ちょ」など拗音（ようおん）

二字の仮名で書き表すもの。発音ではひとつの音となるため、一音として数える。

▼一輪車（五音）、主人（三音）、茶（一音）

とが理由のようです。さらに、「しゃ」「ちょ」などは、発音ではひとつの音となるため、一音と数えます。

ただし、音数の数え方には多少の違いがあります。上記はあくまでも基本として覚えておくといいでしょう。

問題！

音数を数えてみましょう。

① 蛍光灯
② 教育
③ 明洞（ミョンドン）
④ トイレットペーパー
⑤ キャップ
⑥ フョードル・ドストエフスキー
⑦ facebook
⑧ Twitter

問題の答え

① 蛍光灯 → 六音
② 教育 → 四音
③ 明洞 → 四音
④ トイレットペーパー → 九音
⑤ キャップ → 三音
⑥ フョードル・ドストエフスキー → 十二音
⑦ facebook（フェイスブック）→ 六音
⑧ Twitter（ツイッター）→ 五音

三 読み手のことを考えて句・歌を作ること

独りよがりは、誰にも伝わらない句や歌になる恐れが……

NG例

俳句 踊り子が芒箒にまたがって

川柳 顎の下20cmでほくそ笑む

短歌 懐かしいあの顔ですらめんどうに青春の日をまたこじらせた

顎の下でほくそ笑むのは、いったい誰？

彼女？

「伝える」ということを念頭に作ろう

基本的に俳句も川柳も短歌も、詩を通して何かを「伝える」「表現する」ものですから、独りよがりの作品は避けたいものです。

読み手不在の句や歌は、上の例のようにその風景がイメージできないばかりか、一体誰のことを詠んでいるか、誰の気持ちかなどがつかめません。また、誰にも伝わらない造語を詠み込んでしまう場合もあります。作品を発表せず、ただ自分だけで楽しむ場合は別ですが、それでは詩作りの楽しさは半減。できる

これでは作者の意図が伝わらない！わからない！

どんな情景か、主人公は誰か、誰の気持ちかなど、読み手を意識しないで作った句や歌は、なかなか**作者の意図する内容が伝わらない**。また、俳句で詠まれている「芒箒」など、誰にも通じない造語を入れてしまう可能性があるので注意。

なら、第三者に詩が理解され、共感してもらえたほうが、作者としてもうれしく、作者冥利(みょうり)に尽きるというものです。さらに、読み手に伝わることで句・歌の価値も上がります。

発表を前提とし、上達をしたいのなら、「伝える」ということを念頭において句・歌を詠みましょう。

誰に向けて作るか？

初心者の場合、不特定多数を読み手とすると、創作が難しくなる恐れがあります。そんなときは家族や友人、知人など、だれか特定の鑑賞者を設定して、作句・作歌するといいでしょう。また、できあがった作品の意見を対象者に求めれば、次の作品作りの参考になるはずです。

バリエーションが広がる！

三者に共通する句・歌を作るときの技法

たとえ次第で、名句・名歌が生まれるかも!?

初心者にとって、最も取り入れやすい技法が「たとえ」でしょう。昔から多くの句や歌に使われており、たとえが上手であれば、名句や名歌になることもあります。

さて、「たとえ」の上手・下手はなにで決まるでしょうか。それは、たとえたものが近くもなく、遠くもない絶妙

一 ひとひねりと頷きを与える比喩技法

比喩には「〜のようだ」「〜のごとく」などで表す直喩（明喩）や、それらの言葉を用いずに別の物事に置き換えて表現する隠喩（暗喩）などがある。いずれにしても、作品にひとひねりを与えることができる。

俳句

去年今年貫く棒の如きもの　（高浜虚子）

川柳

女の子タオルを絞るやうに拗ね　（川上三太郎）

短歌

ああ皐月仏蘭西の野は火の色す君も雛罌粟われも雛罌粟　（与謝野晶子）

※雛罌粟はひなげしのこと。コクリコは仏語。シャーレイポピーとも呼ばれている。

たとえの技法のコツは、近からず遠からずたとえること。そのたとえでイメージが共有でき、頷けるものが◎。「もみじのような手」、「バケツをひっくり返したような雨」など慣用的な表現は表現者として避けけたい。句や歌を陳腐にしてしまう。

問題！

□に入るたとえを選んで入れてみましょう。

俳句
（1）黒玉は□を追ふ猫の恋　（坊城俊樹）

川柳
（2）雨の日の□のような恋　（やすみりえ）

短歌
（3）サンダルの青踏みしめて立つわたし□を産んだように涼しい　（大滝和子）

【選択肢】
耳　チーズケーキ　神話　銀河　ボール　走って
白玉　イチゴケーキ　野原　洗濯物

な距離感であることが基準になります。つまり、読み手が句や歌を一読してすぐにイメージを共有でき、頷けるものがベストです。上の例をみてください。柳人の川上三太郎は、たとえの名手。これこそ、近からず遠からずの絶妙な例でしょう。

問題の答え

(1) 白玉
黒い猫と白い猫を玉にたとえた句

(2) イチゴケーキ
幸せなイメージにも、切ないイメージにも広がる句材を使って恋を表現。

(3) 銀河
壮大なイメージや体感を銀河という言葉にのせて。

インパクトを与えるオノマトペの技法

オノマトペとは、擬音語（ぎおんご）、擬声語（ぎせいご）、擬態語（ぎたいご）のことで、物の音響、音声などを言葉で表現したもの。作品に使うことによって、インパクトやリズム感、おもしろさなどを与えることができる。

雨が降っている様子をオノマトペで表現すると
「ザーザー」「しとしと」
「ぽつぽつ」「しっとり」 などとなる。

胸の内をオノマトペで表現すると
「ドキドキ」「バクバク」
「わくわく」「キュン」 などとなる。

オノマトペを使うことで、
どのような雨が降っているか、
どのような心情なのかまで
その雰囲気を作品に込めることができる。

音を言葉化して作品にインパクトとリズム感を与える

共通する技法として、次に紹介したいのが**「オノマトペ」**。オノマトペとは、擬音語（ぎおんご）、擬声語（ぎせいご）などと呼ばれているもので、**物の音や音声などを言葉化したもの**です。

オノマトペの技法を使うコツは、雨＝ザーザーなど、既存の表現だけでなく、葉＝ザーザーといったように別の物と組み合わせること。さらに、新しい独自のオノマトペを創作するという手もあります。たとえば土鳩（どばと）の鳴き声を「どどつぽ」と表現したり、あるいは別の言葉で表したり

俳句

チチポポと鼓打たうよ花月夜（松本たかし）

水枕ガバリと寒い海がある（西東三鬼）

川柳

くしゃくしゃと子につつかれる冷奴（椙元紋太）

赤とんぼ陽へキキキキと身を放つ（川上三太郎）

短歌

べくべからべくべかりべしべきべけれすずかけ並木来る鼓笛隊（永井陽子）

土鳩はどどつぽどどつぽ茨咲く野はねむたくてどどつぽどどつぽ（河野裕子）

ザーザー＝雨など、すでに知られている表現を使うだけでなく、川柳の例句のように、紙や髪に使われる「くしゃくしゃ」という表現を冷奴に使うことも個性となる。また、俳句の例句にある「チチポポ」や短歌の例歌にある「べくべから」のように、**新しいオノマトペを作れる**こともこの技法のおもしろいところ。

できるのも、この技法のおもしろい点です。

オノマトペは、句や歌に、**インパクトやリズム感を与えられる効果**があります。さらに音で表すことで、細かな雰囲気や心情、強さ、やわらかさまで伝えることができます。こういった技法も作品に取り入れると、作風が広がります。

奇抜なオノマトペは考えもの

オノマトペを創作してもいいといっても、それが第三者に伝わらなければ成功とはいえません。どうしても奇抜さを求めてしまいますが、そこは伝えるという基本のもと、共感できる言葉化を心がけましょう。

言葉を強調できるリフレインの技法

リフレインとは、繰り返すこと。詩のほかに音楽などでも使われる技法で、句や節を繰り返すことによって、**心地よいリズムを与えたり、言葉を強調できたりする。** **畳句**（じょうく）ともいう。

俳句

遠足の列大仏へ大仏へ　（藤田湘子（ふじたしょうし））

山又山山桜又山桜　（阿波野青畝（あわのせいほ））

［一句目は、並んで歩いている子ども達の長い列が、大仏に吸い寄せられている雰囲気がある。二句目は、桜に満ちた山々が、どこまでも続いているイメージが浮かび上がる。］

川柳

さくら草つかめばつかめさうな風　（川上三太郎（かわかみさんたろう））

悪友と呼び悪友と思わない　（山本翠公（やまもとすいこう））

［桜草の揺れが何層にも重なることで、情景と作者の心情がしっかりと伝わってくるのが一句目。二句目は、繰り返すことで「親友」感が出ている。］

句や歌をアレンジする際のひとつの手段

リフレインとは、**畳句**（じょうく）とも呼ばれ**言葉や句、節を繰り返すこと**を指します。

リフレインを使う最大の注意点は、音数だけを食わないように使うこと。俳句と川柳は十七音、短歌は三十一音しか基本的にありませんから、しっかりとその効果を狙って繰り返さないと、ただ言葉を重ねている作品になってしまいます。

さて、その狙いたい効果とは、第一に**リズム感**があります。そのほか、**言葉の強調**、**情景の広がり**などがあるでしょう。さらに繰り返すことによって、希望や念押しなど、作者の心情を強く出すことができます。リフレインの技法は、それほど多くは使われてはいませんが、句や歌のアレンジ方法として覚えておくといいでしょう。

短歌

観覧車回れよ回れ想ひ出は君には一日我には一生
（栗木京子）

いいのいいのあなたはここにいていいの　ひよこ生まれるひだまりだもの
（東直子）

［「回れよ回れ」と命令形のリフレインが印象的で、「君」と「我」の対比もおもしろい。二首目は、温かさと作者の願いが感じられる。］

言葉が繰り返されることで、その情景がずっと続いていたり、人や物、行動を強調したり、念押ししているような雰囲気が出たりする。ただし、この技法は取り扱いに注意が必要。特に俳句と川柳は十七音の中で使うため、上手に技法を使わないと、**ただ音数だけを食ってしまう**ことになる。

さまざまな技法を試したい

句や歌を多く詠んでいくと、バリエーションとしてさまざまな技法の作品が欲しくなってきます。そんなときの技法として比喩やオノマトペ、リフレインを試してみましょう。いつもとはひと味違った作品になるはずです。

俳句・川柳・短歌

上手になるには、名句・名歌を鑑賞するのも近道

名句・名歌には、作品のヒントがいっぱい！マネをするのも上達の秘けつ

俳句、川柳、短歌とも、上達するには作品をたくさん詠むことが大切ですが、実は、他人の作品を鑑賞することも上達の近道です。名句や名歌と呼ばれている作品は、それだけに優れているため、作者のイメージや意図を読み取れる力が作句・作歌の力も高めてくれます。

では、どのような点に注意して鑑賞すればいいのでしょうか。俳句なら季語が句のなかで揺るぎない位置を保っているか、切れと余韻（よいん）があるかなど。川柳なら客観的か、普遍的な内容かなど。短歌なら心情が詠まれているか、またそれが風景ととけ合っているかなどがあるでしょう。

もちろん、作品全体の雰囲気を感じ取ることも大切ですし、独自性や言葉の選択、言い表す順番など、鑑賞するポイントはその句や歌によってさまざまです。いずれにしても、名句や名歌には、自分の作品作りを高めてくれる知識や技法がたくさん詰まっていますから、できるだけ多くを読んで、多くを作ってみることが大切です。

第

章

俳句を始めよう！

今日から俳句を始めよう！という人に向けて

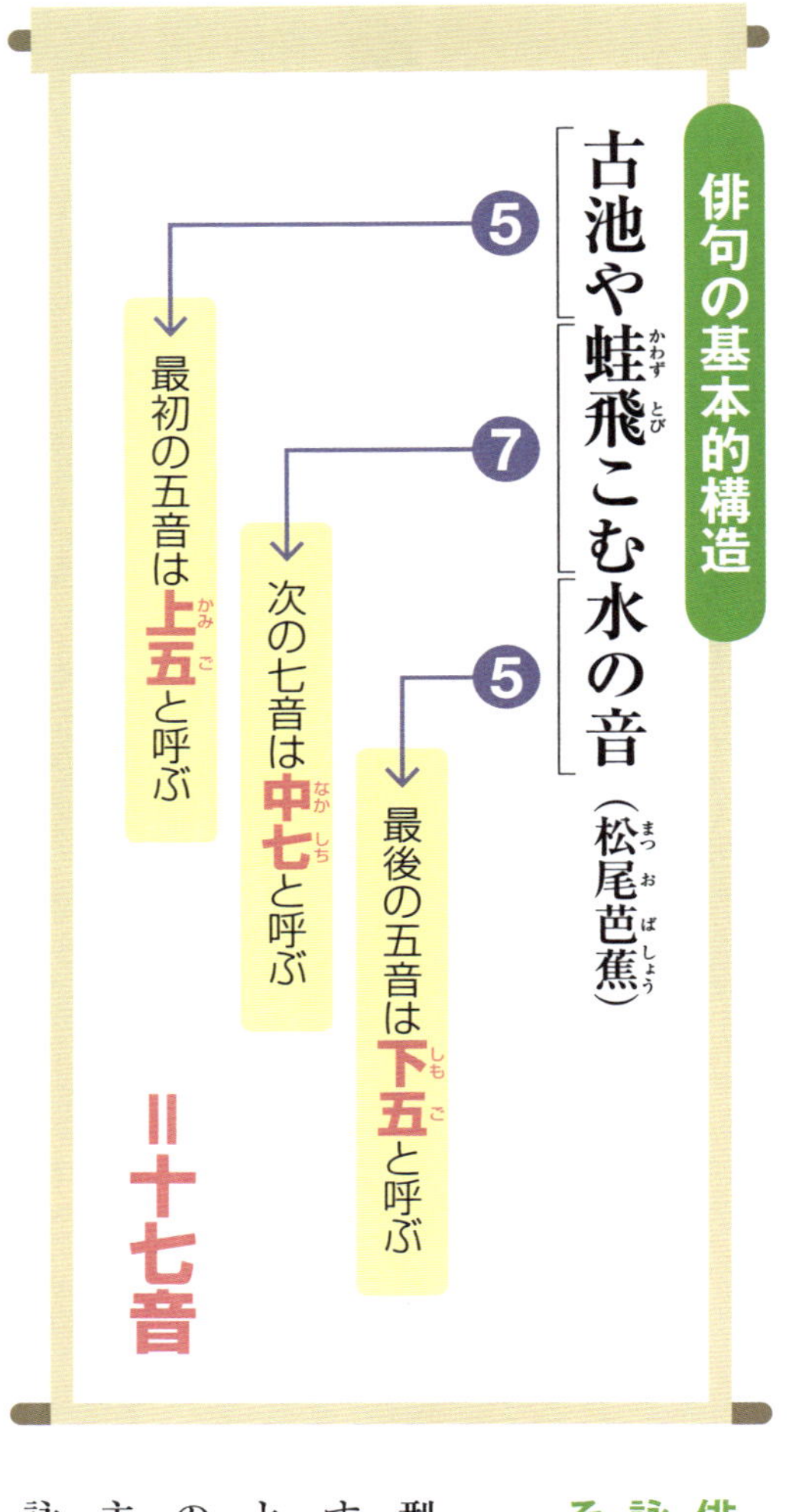

☑ 俳句の句材

俳句は事柄や物そのものを詠む叙事詩であり、叙事詩の中でも、日本の美しい自然や人間の景色を表現する**叙景詩**といわれている。その句の材料は、**日常の風景**など、身の回りから得られる。

俳句とは五七五で詠まれる定型詩で、その短さは世界一

俳句は五七五で詠まれる定型詩で、その短さは世界一です。詠まれる内容は、叙景詩と呼ばれているように、日本の美しい自然や人間の景色が主。それを季語を主役として詠みます。

俳句を始めるにあたって必ず用意しておきたいものは、**歳時記**（季寄せ）です。季語を必要とする俳句にとって、

俳句を始めるにあたって、用意しておきたいもの

歳時記は必ず用意しておきたい。
そのほか、**国語辞典**や**メモ帳**、**ペン**などは普段使いのものでOK。

これであなたも俳人に。俳号を作ろう！

俳号とは、俳句を詠むときに使われるペンネームのこと。**通常は名前のみを俳号**とする。俳号をつけることで、俗世から一線を画すだけでなく、俳句の前ではどんな地位や名声があろうと、みな平等になれる意識が保てる。かの有名な芭蕉も蕪村も俳号。
高浜清→高浜虚子→俳号は「虚子」、中村早子→星野椿→俳号は「椿」など。

俳号は漢字でもひらがなでもOK。
本名をそのまま俳号とする場合もある。

それが一覧で掲載されている歳時記は必須。季語が使える時季がわかるだけでなく、意味や言い換えなども掲載されています（歳時記については48P参照）。そのほか国語辞典やメモ帳などは、普段使いのものでも構わないでしょう。

俳句の偉人

俳句を芸術の域に高め、世に知らしめた人物といえば江戸時代に生きた松尾芭蕉（1644〜1694）でしょう。その弟子・河合曾良を伴って旅をし、記した『奥の細道』は有名です。句もたくさん残しており、「五月雨をあつめて早し最上川」などが知られています。

これだけは覚えておきたい！俳句の三つのルール

1 五七五の十七音である

信濃川（しなのがわ）残る寒さを流しをり（坊城俊樹）

五七五音は古来から日本にある韻律（いんりつ）。俳句を記す際には、**五七五を続けて書く**のが基本。

2 季語が主役の文芸

季語は季節の詞（ことば）。俳句は、俳諧連歌（はいかいれんが）の発句（ほっく）（17P参照）が独立したもので、発句には季語と切れが含まれていたため、俳句となった現在でもそれらを入れることが重要視されている。なかでも季語は、**俳句の主役**といっても過言ではない。

まずは基本を守ることが上達の秘けつ

実際に作句する前に、俳句のルールを知っておきましょう。まず、俳句は定型詩であるので、**五七五の十七音**で詠むのが基本です。初心者は、この音数に沿うように詠みましょう。また、俳句は**季語が主役**の文芸です。季語と自分の表現したい情景が一致することが句として一番幸せですが、とにかく季語を詠み

季語が効果的に使われている例句

春の海ひねもすのたりのたりかな（与謝蕪村）

3 切れも重要！

切れとは、「間」であり句の切れ目のこと。文章ならば、「。」をつけられる部分。切れを作ることで気持ちや情景が省略され、**句に余韻**をもたせることができる。また、句を引き締める効果もある。初心者が切れを作るテクニックとしては、名詞や切れ字（「～や」、「～けり」など）を使う方法がある。

遠山に日の当りたる枯野かな（高浜虚子）

十一月二十五日。虚子庵例会

切れ字を使った切れ

込むことが不可欠です。さらに、切れも重要です。切れとは「間」のこと。これがあることで、句に余韻が出ます。切れを作るテクニックとしては、名詞や切れ字（「～や」、「～かな」など54P～参照）を使う方法があります。

俳句の偉人

松尾芭蕉には「蕉門十哲」といって、特に優れた弟子10人を総称する呼び名があります。蕉門第一の高弟、宝井其角や、蕉風の代表句集を編さんした向井去来などの名がありますが、俳句を鑑賞する際には必ずといっていいほど登場しますから、覚えておきましょう。

勉強しているだけでは始まらない！さっそく俳句を詠んでみよう！

次の季語を使って、俳句を詠んでみよう！

ここでの最低限のルール

(1) 五七五の十七音にすること
(2) いずれかの季語をひとつだけ使うこと
(3) 切れも意識して作句すること

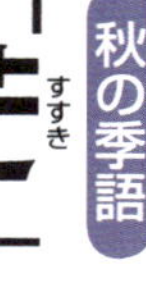

春の季語 「蝶(ちょう)」

夏の季語 「泳ぎ」

秋の季語 「芒(すすき)」

冬の季語 「雪」

作句することで俳句の世界、楽しさは一層広まる、深まる

俳句の最低限のルールや特徴がわかったら、さっそく、俳句を詠んでみましょう。

使える季語は春夏秋冬から各ひとつずつピックアップしています。これらのうちひとつを使って、作句に挑戦を。作句のコツは、まず歳時記(さいじき)で季語を調べることでしょう。たとえば「蝶(ちょう)」という季語でも、表現はそれだけでは

ありません。「初蝶」「黄蝶」「蝶の昼」など、さまざまな種類があります。さらに、その季語がいつの季節の、いつの月のものかということもわかるほか、名句も歳時記を引くとわかります。これを足がかりに、自分の句を自分の言葉で詠んでみましょう。

それぞれの季語を使った例句

蝶　白き蝶とてむらさきに暮れなずむ（坊城俊樹）

泳ぎ　出航の舟見て遠く泳ぐなり（〃）

芒　芒立ち外輪山を高こうせり（〃）

雪　白雪に追ひ越されゆく牡丹雪（〃）

作句する際には、歳時記でまず各季語を調べてみること。蝶という季語でも、「胡蝶」「春の蝶」「秋の蝶」などさまざまなバリエーションがある。また、例句なども作句の参考に。

☑ あなたが作った句を空欄に書きましょう

作った句は大切に……

作った句は、どれもあなたの大切な作品ですから、保管しておきましょう。また、72〜73Pでは、実際に初心者が作った句を、誌面上で添削します。あなたの俳句テクニックを上達させる参考になるはずです。

俳人への道 1

俳句を詠むには、風景を俳句的に見なければならない

☑ あなたはこの風景からどのような俳句を詠みますか?

欲張りは下手の始まり！詠む点を絞って一点集中で作り上げる

俳句を詠む際に最も大切な視点は、風景を俳句的に見なければならないことです。つまりそれは、**見ているものを絞り込み、そのほかを省略すること**。句の中心となる対象物を限定して詠むことこそが、句を成功へと導きます。

また、詠むものを限定するには、対象物を実際に集中して見ることも大切です。俳人、

右の風景から詠んだ句がこれ

夕焼となり雨だれの音いくつ（坊城俊樹）

高浜虚子も観察することをすすめており、初心者はある場所で定点観察することで、句材を見つけられるといいます。さらに、観察は一人で行うのがベター。大勢で行っても、一人で集中して見る時間を作りましょう。

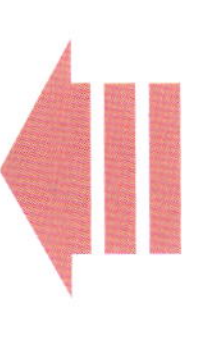

俳句作りで大切なことは、**詠む点を絞ること**。つまり、句材を限定することだ。初心者の場合、句材が見つからないときはその場で**定点観察をしてみよう**。すると、句に詠みたいことが浮かび上がってくる。

右の句の場合、季語である「夕焼」という言葉で、句の季節が夏であることと、雨だれが夕立によるものだったことを暗示。また、それがぽたりぽたりと落ちる音をイメージさせ、静寂の雰囲気も醸し出している。

「雨だれの音は木から落ちたものだったのか、それとも雨どいからのものなのか」「雨だれがどんなリズムだったのか」「ほかの風景は？」など、**周りの情報は省略**。詠める音数も限られているので、できるだけ伝えたいことに絞って作り上げるとよい。

風景から詠むということは……

俳句は風景を切り取って詠んでいるため、基本的にその作品を鑑賞したとき、句が絵として頭に浮かびます。つまり、他人があなたの句を鑑賞したとき、あなたの意図する風景が相手にも同じように浮かばなければ、成功している句とはいえません。

俳人への道 2

俳句の主役でもある季語をもっと詳しく知ろう

季語とは？

季語は季節の詞のこと。俳句を詠む際の主役であり、句で伝えたいことと**季語が一致しているのが幸せな句**といえる。季語はそれだけでさまざまなイメージを与え、句に奥深さや奥行きをもたらす。

季語が主役になっている例句

咲き満ちてこぼるゝ花もなかりけり（高浜虚子）

花は春の季語。そして花といえば、「桜」のこと。花という季語を使うことで、ここでは薄紅色や春の温かさ、充足感、それが散ったときの寂しさまで伝わってくる。これが季語の効果。

季語が句の主役であるほど幸せな句

季語を中心に、風景を詠む俳句にとって、それが句の主役であり、句で言い表したい内容と一致しているほど、幸せで成功している作品といえます。たとえば、上記の高浜虚子の句はその好例でしょう。

季語が主役なのですから、**季語はひとつの句にひとつが原則**です。ふたつ入っている場合は**「季重なり」**といわれ、

✓ 季語はひとつの句にひとつ使うのが基本

季語は、ひとつの句にひとつだけ入れるのが基本。季語がひとつの句にふたつ入っていることを**「季重（きがさ）なり」**といい、同等の力（同等の効果）を与えているならば句としてはNG。ただし、季語が重なっていてもどちらか一方が主となっているなら、それは季重なりとはみなされない。

季重なりのNG例

NG例

穂芒（ほすすき）のじゅうたんの上モズ駆（か）ける

添削後

穂芒をじゅうたんとして鳥翔（た）ちぬ

「芒」も「モズ」も秋の季語。この句の場合、ふたつの季語が同じくらいの力で秋や冬枯れていく印象を読み手に与えるため、季重なりととらえられる。添削（てんさく）のポイントは、穂芒をいかし、モズは鳥として読み手の想像に任せる。原句の印象を損なうことなく、季重なりもこれで解消される。

季重なりとはみなされない例句

（例）菜の花や月は東に日は西に（与謝蕪村（よさぶそん））

「菜の花」は春の季語で、「月」は秋の季語。だがこの句の場合、明らかに主題が菜の花で、月は「日」と同列の言葉となるため、季重なりの句とはならない。

作品としては認められません。ただし、季語がふたつ入っていたとしても、そのどちらかが明らかに主であれば、それは句として認められています。少しイレギュラーもありますが、作品を詠む際には、じっくり考えて詠み込みましょう。

季語と地方性

季語は季節の詞（ことば）のことですが、南北にのびる日本は、気候が土地によってかなり違います。だからといって、季語の分類が土地で変わるかといえばそうではありません。現実に見える風景を詠み、それにふさわしい季語を使うようにしましょう。

俳人への道 3

季語を使いこなすには、歳時記を知ることが大切

歳時記は、俳人には必須アイテム

歳時記とは、季語が集約されている辞典のこと。季節に分けられており、さらに「時候」「天文」「地理」「人事」「動物」「植物」などに分かれている。

歳時記のページ例

1 春

2 三

立春から立夏の前日までであるが、月でいう場合は二月、三月、四月を春とする。三春は初春、仲春、晩春をいう。春九十日間を九春という。春の旅、春の町、春の宮、春の寺、春の人、春の園、村の春、島の春。

3
山寺の春や仏に水仙花　也有
売家をかはんかと思ふ春の旅　高浜虚子
今日何も彼もなにもかも春らしく　稲畑汀子

季語はその例句も作句の参考にしよう

「歳時記」とは、季語が集約されている辞典のこと。「季寄せ」という辞典もありますが、これは歳時記のコンパクト版です。持ち歩く際にはこちらが便利でしょう。

歳時記は、春夏秋冬と新年に分類されており、さらに「時候」「天文」「地理」「生活」「行事」などのジャンルに分かれています。その中にさまざまな季語が紹介されており、そ

立春

節分の翌日が立春で、二月四日または五日にあたる。気温はまだ低いが、暦の上ではこの日から春になる。寒さの中での春立つという感じは、自然に対して敏感な日本人特有のものであろう。

美しく晴れにけり春立ちにけり　星野立子

春立つや六枚屏風六歌仙　高浜虚子

寒明

立春の日をもって三十日間の寒が明ける。たいてい二月四、五日ごろにあたる。

寒明の雪どつと来し山家かな　高浜虚子

寒明けしことに添ひかねゐる心　稲畑汀子

の季語の説明や言い換えなどが解説されています。どれも作句の参考になりますが、**最も目を通したいのが例句**。季語の使い方などが名句で確認できますから、必ず読むようにしましょう。

❶季語

同じ事柄でもさまざまな言い方があるため、言い換えが載っている方が利用度が高い。

❷説明

説明がついていると、なぜこの季節に配(はい)されているのか、どんなときにその季語を使えばいいかなど、作句する際のイメージがふくらむ。

❸例句

句を作る際に、例句は非常に参考になる。できれば例句が載っている歳時記をいつも使うとよい。

俳句の偉人

江戸俳諧では、与謝蕪村(よさぶそん)（1716～1784）と小林一茶(こばやしいっさ)（1763～1828）も有名です。与謝蕪村は絵画的な句を得意とし、蕪村の影響を受けた俳人に正岡子規(まさおかしき)がいました。一方、一茶は素朴な句を得意とし、生涯に約2万句を作ったといわれています。

俳人への道 4

季語にはミスマッチも！季語を使うときの注意点

季語は旧暦に従っているため、現代ではズレが発生している

季語は、旧暦に従っているため、新暦が採用されている現代では、**実際の季節との間に約一カ月ほどのズレが生じている**。そのため、実際には使われていない、もしくは使うのを避けられている季語がいくつか存在する。

実際の季節と季語に差がある言葉

「凧」…凧といえば正月の遊びだが、歳時記によると春の季語。現代とは季節感が違うため、季語として使うことはあまり見られない。

「七夕」…七夕は、地方性はあるが一般的には七月七日とされている。だが、歳時記では八月に含まれており、秋の季語。これも実際の季節とは違っている。季語としてではなく単なる行事として句で使われることがある。

歳時記をよく読むと見えてくる季語のミスマッチ

季語の分類は旧暦に従っているため、現代では実際の季節と季語にズレが生じています。また、最近ではトマトや百合、ボートレースなど、年がら年中売っていたり、行われていたりするものが多くなり、季語でいう季節感が失われている事柄も増加。そのため、季語としては使われていない言葉も多くなったといわ

れています。

俳人の中には、使われなくなった季語をあえて句に詠み込むこともするようですが、どんな言葉でも、**季節と季語の関係を十分に配慮して作句**することが大切です。

☑ 季語には、すでに廃れた風習や使われなくなった言葉なども残っている

「みみずなく」「くすりぐい」「かいらいし」など、現代では耳慣れない言葉も歳時記には多く残っている。俳句ではこれらを使って句を作ることもある。すでに廃れてしまった風習であったり、表現であったりしているが、言葉を想像し、そのイメージをふくらませながら作句するのもひとつの楽しさだろう。

季語を使いこなしている例句

丑三つの厨のバナナ曲るなり（坊城俊樹）

金塊のごとくバタあり冷蔵庫（吉屋信子）

生身魂こ、ろしづかに端居かな（阿波野青畝）

一句目の季語は「バナナ」。季節は夏。厨（台所）にあったバナナを写生している句で、夏の暑苦しさなども感じさせる。二句目は、夏の季語である「冷蔵庫」が肝。三句目は「生身魂」が季語で季節は秋。盆の行事のひとつで、健在の年長者を敬い、物を贈ったりもてなしたりすることを指す。バナナや冷蔵庫のように今では季語のイメージがないものがあったり、廃れつつある行事が季語としてあったり、歳時記を読み込んだだけでも**句材のヒントが見つかる**場合がある。

歳時記で調べてみよう！

みみずなく→？

くすりぐい→？

かいらいし→？

上記はすでに一般的には使われなくなった言葉ですが、歳時記にはしっかりと記載されています。言葉を調べて、俳句的な語彙を増やしましょう。
※答えは次のページへ。

俳句が俳句たる表現方法「切れ」について

「切れ」があるから余韻ができる

俳句で大切なことといえば、十七音であること、季語が主役であることのほかに、「切れ」も重要だ（俳句の三つのルールは40P参照）。**切れとは、「間」であり句の切れ目のこと。**場面の転換を指す。文章でいうなら、「。」をつけられる部分といわれ、それを作ることで気持ちや情景も省略され、句に余韻をもたせることができる。また、表現に完結性をもたらすため、句を引き締める効果もある。

俳句は、上五もしくは最後で「切れる」ものが多い

切れは一般的に上五で切れるものが多い。松尾芭蕉の句も上五で切れている句がみられる。次の句は、「や」という切れ字を用いて間を作っている句だ。

上五で切れている例句

菊の香や奈良には古き仏たち（松尾芭蕉）

→切れ字の「や」を使って、間と余韻を作っている。

切れがあるから余韻ができる、俳句になる

「切れ」は、句に余韻を作る性質があります。すなわち、切れのあるところには、情景や作者の気持ちなどが隠されています。作句するときも、鑑賞するときも、その効果を十分に考えると、句に一段と深みが増すでしょう。

さて、切れは「や」「かな」「けり」などの切れ字や名詞で作る場合が多く、ひとつの

句に一度だけ使うのが原則です。上五もしくは最後で切れるのが一般的ですが、中七で切れるのもテクニックとしては申し分ありません。下五を名詞を使って切れさせるのも、手法のひとつです。とにかく、内容に即して切れを意識することが大切です。

中七で切れている例句

がつくりと抜け初むる歯や秋の風（杉山杉風）

→こちらは珍しい中七で切れているタイプ。

下五で切れている例句

神田川祭の中をながれけり（久保田万太郎）

→最後に「けり」で切れを作り鑑賞の幅をもたせている。

☑ 切れは一回だけ。二回切れるのはNG

「切れ」がいくら俳句的技法といっても、ひとつの句で複数回使うのは野暮。

切れはひとつの句に一回だけが基本だ。

☑ 切れ＝気持ちや情景が省略されているということは……

切れのあるところには、情景や心象などが省略されている。そのため、読み手は句の中に切れを発見した場合、切れで隠されている「なにか」を読み取らねばならない。

前のページの答え

●みみずなく→「蚯蚓鳴く」。秋の季語。本当はオケラの鳴き声のこと。

●くすりぐい→「薬喰」。冬の季語。鹿などの肉を食べて、栄養を補ったという風習。

●かいらいし→「傀儡師」。新年の季語。人形を使った新春の門付け芸のひとつ。

「切れ」のある句にするには？切れ字を使いこなそう

切れ字を使いこなして句を高めよう

切れのある句を詠みましょうといっても、なかなか切れを入れるのは難しいものです。切れ字を用いるにしても、どんな種類があるのか、またそれがどんな効果があるのかなどを知らなければ、使えません。このページでは、切れ字に焦点をあててさらに解説しましょう。

代表的な切れ字には、「や」

「切れ」を句にもたらす「切れ字」の効果

切れ字とは、句に間（ま）や切れ目を作り、場面転換をもたらす言葉のこと。品詞としては、助詞や名詞、活用としては終止形、命令形などがそれらにあたる。

代表的な切れ字

「や」「かな」「けり」「し」「ぞ」「か」「よ」「せ」など。

上五（かみご）で「や」を使って切れを作った例句

放浪の子は米子に仮の宿りをなす（抄）

秋風や模様のちがふ皿二つ（原石鼎（はらせきてい））

下五（しもご）で「かな」を使って切れを作った例句

をりとりてはらりとおもきすゝきかな（飯田蛇笏（いいだだこつ））

下五で「けり」を使って切れを作った例句

白酒の紐の如くにつがれけり（高浜虚子）

切れ字は、句に間をもたせ、場面の転換などを行う言葉であるが、「や」のほかに「かな」＝情感であったり、「けり」＝推定推量だったり、使用する切れ字によって、**作者の心情をやんわりと織り交ぜること**ができる。

名詞やそのほかの切れ字

名詞をはじめ、活用しだいでも切れの効果を与えることができる。

名詞を使って上五で切れている例句

芋の露連山影を正しうす（飯田蛇笏）

終止形を用いて中七で切れている例句

胸の上聖書は重し鳥雲に（野見山朱鳥）

名詞やそのほかの活用形で切れるのは、一歩進んだテクニック。ただ、俳句をコンスタントに作り数カ月すると、こういったワザのバリエーションが欲しくなるし、必要となってくるだろう。

「かな」「けり」などがあります。「や」はおおよそ、名詞のあとに続く切れ字です。「かな」には情感が漂い、「けり」は推定推量の効果があります。自分が切れにどんな気持ちをもたせたいのかで、切れ字を選ぶことが大切です。

切れ字18字

連歌・俳諧で秘伝とされた切れ字は18と伝えられており、それを「切れ字18」と呼びます。かな・もがな・し・じ・や・らん・か・けり・よ・ぞ・つ・せ・ず・れ・ぬ・へ・け・に。前述のうち「せ」「れ」「へ」「け」は動詞の命令形語尾で、「し」は形容詞の語尾。「に」は副詞「いかに」のことで、ほかは助動詞と終助詞です。

俳人への道 7

句材も限定して、言葉も削って……俳句的省略の美学

俳句を詠むには、省略することが大切

44Pでも解説しているように、俳句にするときは、句材を限定することが大切だ。たとえばある場所で風景を観察し、句材になりそうなものがあれば、その周りの風景をどんどん削ろう。**削っていくことで句材が際立ち**、それを言葉に写しやすくなる。

夏草や兵（つわもの）どもがゆめの跡（松尾芭蕉（まつおばしょう））

名句は省略にも長けている

俳句の美学は「省略」することにあるでしょう。とはいえ、なんでも省略したのでは、句の内容が伝わりません。いかに巧妙に省略するかが腕の見せどころです。

上の句を例にみてみましょう。「夏草」で生命力を象徴し、その後「や」で切って次元を飛ばしています。この句は藤原三代時代の風景を詠嘆（えいたん）

しているという説がありますが、「兵ども」「ゆめの跡」というあたりでそれらを匂わせているのが読めます。季語を最大限に利用し、句材を限定しつつ、イメージを損なわない省略をしている好例です。

「芭蕉がこの句を詠んだ際、周りにはおそらく夏草だけではない風景が広がっていたはずだ。実際には岩や石、虫などもいたに違いない。しかし、芭蕉はそれらを一切省いてこの句を詠み、なおかつ歴史的な雰囲気も句に込めたと鑑賞できる。」

言いたいことを季語に託して言葉を最小限に留める

俳句は五七五の十七音しか使えない。そのため、言葉も必要最低限、詠みたいことに限定する必要がある。言葉をミニマムにする方法として一番有効で、俳句に適っているのは、句の主題を季語にすること。詠みたいことと季語が一緒であるなら、それだけで言葉が最小限になり、ほかの要素を詠む余裕が生まれるのだ。**主題＝季語の句は幸せな句**といえる。

詠みたい対象と季語が共通している例句

桐一葉日当りながら落ちにけり（高浜虚子）

季語は「一葉」で秋。秋の日に、桐の葉が一枚落ちた風景を詠んだものだが、「一葉落ち天下の秋を知る（中国の言葉）」を連想させ、世の遍歴やなにかが大きく動くイメージを喚起させる。主題と季語を一致させたことで、句としての大きさが出る。

名句は省略が上手

現代に伝わっている名句は、とかく省略が上手です。本文に紹介した松尾芭蕉の句しかり、高浜虚子の句しかり、なにかを匂わせる絶妙な省略をしています。ここまで詠めるのは俳人のなかでも数名いるかいないかですが、「匂わす」というキーワードは作句する際のポイントになりそうです。

作句に馴れてくると使われる破調という技法

✓破調とは？

五七五の十七音に当てはまらなかったり、トータルでは十七音だが八四五や三九五など、**通常とは違った配分をする句の調べ**のこと。

✓破調の種類とは？

「字余り」…**五七五の十七音より数音多い調べ**のこと。ただし、原則として字余りは**必然性**がなければ、技術として認められない。推敲して、五七五になるならばその句は十七音の作品とするべき。字余りは上五の部分を上六に、下五の部分を下六にといったように、一番最初と最後で行うのが一般的。真ん中で字余りにすると、中だるみの印象を与えてしまう。**字余りは、感動や驚き、不安などを呼び起こす**ことができる。

六七五の字余りの例句

神にませば（⑥）まこと美はし（⑦）那智の瀧（⑤）（高浜虚子）

上六としたところは、字余りのかたちとしては一般的なかたち。

しかし、上六にしたことで、那智の滝の美しさに感動している気持ちが伝わってくる。

破調は定型のリズムを理解したらＯＫ

しばらく句を作っていくと、定型では収まらない句ができるときがあります。定型から逸脱した調べのことを「破調」といいます。

破調にはいくつか種類があり、そのうちの一種が「字余り」です。字余りは、作者の気持ちが溢れたり、衝撃が走ったりしたときに使われる傾向にあります。また、通常

七十三五の字余りの例句

凡そ天下に去来程の小さき墓に参りけり（高浜虚子）

⑦⑬⑤

向井去来は江戸時代前期の俳諧師で、松尾芭蕉の優れた弟子のひとり。その人の墓を訪れたときの句。ようやく訪れた感動や、小さな墓に驚いた気持ちを字余りに託した。

「字足らず」…五七五の十七音に満たない調べのこと。俳句では、**字足らずは原則として認められていない**。作句して音が足りなければ、作品を作り直ししなければならない。

「句またがり」…トータルでは十七音だが、八四五や三九五などという**通常とは違った配分をする句の調べのこと**。

八四五の句またがりの例句

木の葉ふりやまずいそぐないそぐなよ（加藤楸邨）

句またがり

⑧④⑤

急ぐように散る木の葉に対して、いそぐなと言葉している句だが、句またがりにすることによって、感情が溢れ出している印象を与えている。このほか、作品には字余りで句またがりという破調作品もある。

とは違った調べを醸し出す句またがりも、よくみられる技法です。

破調は、定型のリズムが十分に体に染み込んでなければ、意図性が感じられません。さらに、必然性がある場合にのみ、この技法を使いましょう。

俳句の偉人

明治時代を代表する文学者、正岡子規（1867〜1902）は俳句、短歌、新体詩など、文芸の世界に一石を投じた人物です。現代の俳句は、彼から始まったといっても過言ではないでしょう。たくさんの作品を残していますが、「柿くへば鐘が鳴るなり法隆寺」が有名。

俳人への道 9

言葉の化学反応、一物仕立てと二物衝撃というテクニック

ストレートに詠むか取り合わせて詠むか、さらに高度な技法

ひとつの事柄をストレートに詠むことを「一物仕立て」といい、ひとつの句の中に関係のないふたつの事柄を取り合わせて詠むことを「二物衝撃」といいます。前者は内容がストレートなのですっきりとした味わいがあり、後者は取り合わせている分、テクニック的にも高度なので深い味わいが句にもたらされます。

一物仕立てと二物衝撃とは?

ひとつの句に、**ひとつの事柄をストレートに詠むことを一物仕立て**といい、関係のない**ふたつの事柄を取り合わせて詠むことを二物衝撃**という。

一物仕立てはすっきりとわかりやすい句になる

ひとつの事柄をストレートに詠む一物仕立ては、すっきりとわかりやすい句になる。俳句を始めたころは、まずは一物仕立てで作ってみると作りやすい。

一物仕立ての例句

薄墨の紋白蝶のあはれなる（坊城俊樹）

紋白蝶のみを詠んだ句。薄墨もあはれも紋白蝶の一部。

☑二物衝撃は高度なテクニック

二物衝撃は、関係のないふたつの事柄を取り合わせて詠むため、一物仕立てより高度なテクニック。それを十七音の中でしなければならないうえ、取り合わせる事柄が**近すぎても遠すぎても句として成功しない**。たとえば、「空」と「いわし雲」では同質すぎるため取り合わせがいいとはいえない。かといって、「空」と「靴」などイメージが離れすぎていたり、「服」や「帽子」のように「靴」の替えがきいたりするものも二物衝撃にはならない。

二物衝撃のポイントは、取り合わせる事柄を、近くもなく遠くでもないものを選択することです。たとえば「稲穂」と「黄金」は近すぎ、「稲穂」と「めがね」では「めがね」が替えがきくほか、イメージが遠すぎます。できるだけお互いが呼応する事柄を取り合わせましょう。

二物衝撃の例句

雲の峰一人の家を一人発ち（岡本眸）

季語は雲の峰（入道雲のこと）で、季節は夏。「雲の峰」と、あとに続く中七と下五と内容が飛躍しており、その飛躍感が自分の人生を歩んでいくという決意を一層、強いものにしている。雲の峰が立ち上るイメージも、ひとり発ちの勢いと呼応している。二物衝撃は、響き合わせることが重要だ。

二物衝撃のNG例

✕ **秋蝶やのっぽの谷へ消えゆきぬ**

「秋蝶や」と「のっぽの谷」の影響力が不釣り合いのため二物衝撃にはならない。この場合は、**「秋の蝶のっぽの谷へ消えゆきぬ」**と、素直に一物仕立てにしたほうが句として成功する。テクニックよりも句の完成度を重視したほうがよい。

付きすぎってなに？

取り合わせが慣用的で近すぎることを「付く」「付きすぎる」などと表現します。二物衝撃だけでなく、たとえの技法のときにも「付く」という表現は使われ、もみじ＝手とたとえた場合などに、「付きすぎている」と批評されます。取り合わせるときは、付かず離れずが基本です。

歴史的仮名遣い？　現代仮名遣い？
俳句的言葉の選択

言葉選びは基本的に自由。でも、混合はNG

俳句を詠む際、どんな言葉を使って作るかというのも初心者は迷います。

一般的に俳句は**歴史的仮名遣い**を使って詠まれています。それは、歴史的仮名遣いの格式ある雰囲気が俳句と合っているほか、切れ字がそれというのも理由のひとつでしょう。とはいえ、現代仮名遣いも作風のひとつとして使われます。

✓ 俳句は歴史的仮名遣いで表現するのが主流

俳句は現在でも、歴史的仮名遣い（旧仮名遣い）で表現されるのが主流。格式ある雰囲気が俳句の表現と合っているからだろう。そのため現代仮名遣い（新仮名遣い）を用いるときは、それがひとつの作風、作品としてしっかりと成り立つ技量が求められる。

✓ 歴史的仮名遣いと現代仮名遣いの混在句はNG！

一番NGとされるのは、歴史的仮名遣いと現代仮名遣いがひとつの句に入っていること。句の情緒が失われるだけでなく、文法的にも混乱が生じる。

主流の歴史的仮名遣いの例句

やはらかく鯛（たい）と西日を煮てをりぬ（坊城俊樹）

現代仮名遣いを用いた例句

月見草開くところを見なかつた（嶋田摩耶子）

これを歴史的仮名遣いにすると、「月見草開くところを見ざりけり」となる。これでも句として成立はするが、やや平凡な印象に。「見なかつた」としたところに、この句の新しさがあり、高浜虚子はこれを評価した。

いずれの表現を使うにしても、最も注意をしたいのがそれらを混合して使うことです。句がまとまらないばかりか、調べも不安定になるので、どちらか一方で詠むようにしましょう。

会話は使っていいの？

表現は自由なので、会話を使っても問題はありませんが、叙景詩である俳句に会話を使うのは実際には難しいでしょう。正岡子規の句に「毎年よ彼岸の入りに寒いのは」というのがあり、これは子規の母親の言葉をそのまま俳句にしたものがありますが、このようにうまく仕立てられるのは稀といえます。

俳人への道 11

数字や新しい言葉などの特殊な表現・言葉について

数字の効果

数字には、**句をすっきりとさせる**効果があるばかりか、数を重ねて**おもしろみ**を与えたり、唯一あるいは無数の印象を与えて、**壮大な句**にさせたりする効果もある。

数字を使うことですっきりとした印象の例句

母一人子二人春の日へ入りぬ（坊城俊樹）

数字を重ねておもしろみを与えている例句

牡丹百二百三百門一つ（阿波野青畝）

数を限定させて句に深みを与えている例句

一片の落花見送る静かな（高浜虚子）

一句目は、母子三人と春の日の温かさが滲んでいる句。他方、二句目はたくさんの牡丹が咲いている様子が目に浮かぶだろう。そして、三句目は一片が落花する音さえも聞こえてきそうな静寂が感じられる。

数字は◎だが、新しい言葉とルビは俳句ではNG

特殊な言葉や表現を使う場合、俳句は特に注意が必要です。数字は句にさまざまな効果を与えるので良しとされていますが、新語や流行語などの**新しい言葉は、嫌う傾向**にあります。普遍性を重視し情緒を大切にするため、それらは使う必然性があり、よほど優れた句でない限り受け入れられません。

新しい言葉への対応

「婚活」「メール」「ツイッター」など、世の中には新しい言葉がたくさんあるが、俳句は**それらを嫌う傾向**がある。スキーという言葉も、長い時間をかけて俳句の言葉として認められたほどだ。これは、俳句が普遍性のある事柄を映し出し、情緒を大切にするからにほかならない。従って、流行語は俳句にはふさわしくないと認識していい。

また、**ルビやカッコのついた句も嫌われる傾向**にあります。ルビを振らないと伝わらない句は、完成度が低いと見なされます。詠む内容は自由ですが、言葉はやや意識する必要があるでしょう。

ルビについて

俳句はルビ、つまり「運命（さだめ）」など、**ふりがなを振ることも嫌う**。一読しただけで句の情景が広がるのを良しとするため、基本的にルビを振らないとわからない、伝わらない句は最初から作らないほうがよいという考えがある。

※本書のルビについて→14P

俳句的な漢字の読み方

俳句には独特の読み方をする言葉があります。たとえば大根を「だいこ」、牡丹（ぼたん）を「ぼうたん」と表現するのがそれ。これらは音を優先させた言葉です。こういった特殊な読み方は歳時記には載っておらず、俳句難読語用語辞典などに紹介されています。

たかが一文字、されど一文字。句の印象を左右する助詞を考える

助詞を通して句の印象を考える

句は、よほどのことがないかぎり、一回で作れることはありません。多かれ少なかれ推敲（すいこう）して、ようやく一句ができあがります。

推敲のポイントとしては、「てにをは」と呼ばれる助詞の変更があるでしょう。この一字を変えることで、句の全体の意味も、印象も変えてしまうことができます。さらに、

助詞とは

「てにをは」と呼ばれている品詞。自立語に伴って関係や対象を示す付属語。「雨が降る」の「が」、「本を読む」の「を」、「遠方から来る」の「から」などがそれにあたる。

助詞一字で、句の印象はガラリと変わる

「遠方より友きたる」

「遠方から友きたる」

右の例のように、句はどの助詞を使うかで大きく印象を変える。選ぶ言葉によっては、**軽やかさを与えたり、重々しく格式張った印象**を与えたりもする。従って、一度作った句でも、最後に助詞を入れ替えて推敲（すいこう）する必要がある。

あなたはどの句がいいと思うか？

助詞の推敲クイズ

（1）同潤会アパートに今朝菫咲く（坊城俊樹）

（2）同潤会アパートは今朝菫咲く（〃）

（3）同潤会アパートで今朝菫咲く（〃）

助詞の選びかた次第で言葉の強調度なども違ってきます。

たかが一字ですが、されど一字。十七音だからこそ、**一音の重さは絶大**です。推敲する際には、さまざまな言葉を当てはめてみましょう。

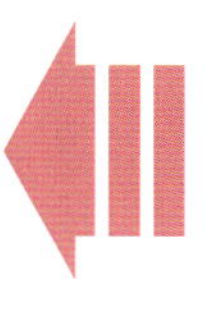

実際の句で助詞を考えてみよう。あなたは(1)〜(3)のうち、どの句がいいと思うだろうか。実は、(2)が作者の本当の作品。確かにこの句の場合、(1)でも(3)でも意味は通じるが、**作者の意図を表すには「は」がふさわしかった**という。

古ぼけた建物にまだ住民が住んでいたころの、すみれがきれいに咲いていた景色を強調するために、あえて「は」を選んだそう。このように、助詞の選び方は句全体の印象をも左右してしまうのだ。

俳句の偉人

俳句における正岡子規の後継者といわれているのが高浜虚子（1874〜1959）です。『ほとゝぎす』を引き継ぎ、ホトトギス派の理念となる、「客観写生」「花鳥諷詠」を提唱したことでも知られています。代表作に「遠山に日の当りたる枯野かな」などがあります。

俳句を作る近道は、俳句にあり！ 名句を鑑賞しよう

鶏頭の十四五本もありぬべし（正岡子規）

［鶏頭とは、花が鶏のとさか状になる植物のことで、季節は秋の季語。この句は庭先を報告しているだけだなどと論争が起こった句である。しかし、十四五本としている点はおもしろい。］

甘草の芽のとびとびのひとならび（高野素十）

［季語は「甘草の芽」。客観写生句と呼ばれ、芽がとびとびに並んでいる様子を句にしたもの。これも自然の摂理と芸術性の点で議論を巻き起こしたといわれている。］

高嶺星蚕飼の村は寝しづまり（水原秋桜子）

［水原秋桜子の、転機となった句として知られている。季語は「蚕飼」で春。蚕を飼う村の夜の静謐さを詠った句。上五の高嶺星が静かさを強調している。］

駒ケ嶽凍て丶巌を落しけり（前田普羅）

［飯田蛇笏の居を訪ねた際に作られた、「甲斐の山々」の五句のうちの一句。「駒ケ岳」が「落しけり」したところがおもしろいとされている。季語は「凍てる」で季節は冬。］

少年や六十年後の春の如し（永田耕衣）

［季語、季節は「春」。少年と六十年後の取り合わせがおもしろい。また、その間には時間の隔たりがあるが、「春の如し」としている点にも注目を。］

枯木立月光棒のごときかな（川端茅舎）

［季語は「枯木立」で季節は冬。林の真上に浮かぶ月光を「棒のごとき」と表現した点に、この句のおもしろさがある。］

咳の子のなぞなぞあそびきりもなや（中村汀女）

［季語は「咳」で季節は冬。咳をする子どもを「咳の子」と省略しているが、意味的になんら支障がない。こういった言葉の選択も見習いたい。］

現代俳句、投稿句なども作句の参考に！

戦後〜現在作られている句も参考に

谺して山ほととぎすほしいまゝ（杉田久女）

［季語は「ほととぎす」で夏。ほととぎすの鳴き声が山々に谺している様子を詠った句。下五の「ほしいまま」という言葉を得るのに、大変苦労したというエピソードが残っている。］

よろこべばしきりに落つる木の実かな（富安風生）

［人が喜ぶと、木もそれに答えて木の実をたくさん落とす、というように木を擬人化させて詠んだ句。季語は「木の実」で秋。］

水洟や鼻の先だけ暮れ残る（芥川龍之介）

［作家の芥川龍之介は、俳句も詠んだ作家。出世作が『鼻』だったように、それは龍之介の生涯のテーマに。この句は辞世の句とされている。季語は「水洟」で冬。］

ゆきふるといひしばかりの人しづか（室生犀星）

［季語は「雪」で冬。おそらく「雪が降っている」といったのは女性。ポツリといったあとには、静寂の世界が広がっている。さまざまなイメージを彷彿とさせる名句。］

迎火のための一つのマッチの火（岡田順子）

［季語は「迎火」で季節は秋。お盆の時期、大切な魂を迎えるために、マッチを擦った作者。その火には表現しがたい想いが込められているよう。］

提灯の濡れて風鈴さびしめる（田中恵介）

［提灯が濡れて湿り気を帯びると、切ない雰囲気が一層漂う。季語は「風鈴」で季節は夏。全体的な雰囲気から、おそらくお盆の句だと推測される。］

高楼の一つは蜃気楼かも知れぬ（村山要）

［高楼とはビルのこと。ビルが立ち並ぶ都会的な景色の中に、俳句的な風景を見つけ、それを切り取っているところがおもしろい。季語は「蜃気楼」で、季節は春。］

あと一歩が肝心！実際の句でみる推敲のポイント

実際に初心者が作った句を推敲し、よい句になるコツをつかもう！

お題

「蝶」「泳ぎ」「芒」「雪」のいずれか季語を使って作句

※作句のルールは、42Pへ

ポイント1

説明的すぎる言葉を変える！

原句

三味線の音に蝶遊ぶ陰日向

添削後

三味の音に蝶はらはらと陰日向

「三味の音」で三味線の音だと十分に伝わるので、まずは上五を変更。中七の「蝶遊ぶ」も説明的すぎるので「はらはら」や「ひらひら」などのオノマトペを使って情緒を高めるとよい。言葉を詰めたり、音を入れたりするのも、推敲のポイント。

ポイント2 季語はストレートに扱うこと！

原句 自転車で君通りすぎ裾(すそ)泳ぐ

添削後 自転車で君通りすぎ泳ぎへと

この句の一番のNGは、泳いでいるのをスカートの裾にした点。俳句では、特に季語はその言葉の意味をストレートに扱わなければならない。よって、この句は下五(しもご)を「泳ぐ」の本来の意味である言葉に変更を。

ポイント3 送り仮名一文字にも気を遣うこと！

原句 月夜待ち芒(すすき)さがして散歩道

添削後 月夜待つ芒さがして散歩道

原句は、非常に惜しい句。上五の送りがな一文字を推敲しただけで、グッと情緒が高まる。また、送り仮名を変えると、上五と中七の区別もはっきりとする。最後の最後まで、一字一句を見直すことがよい句を作るポイントだ。

ポイント4 一字空けはNG！　モタつきも解消を！

原句 耳澄まし　聞こえぬほどの　雪の音

添削後 耳澄ましても聞こえざる雪の音

まずこの句の場合、一字空けをすべてなくすこと。俳句は続けて書くのが基本だ。さらに、原句は中七の「聞こえぬほどの」がモタついている。ここは大胆に破調にして、上七、中五、下五の句にすると、独自性のある句になる。

俳人への道 16

俳句の腕を磨きたい人は句会に参加してみよう

句会は
句の腕を上げる
絶好の機会

句会は句の腕を上げる絶好の機会です。他人に客観的に句を鑑賞してもらうことで、自分のクセや欠点、推敲（すいこう）のポイントなどがわかります。個人で俳句を楽しみたいなら別ですが、さらに上手になりたいなら、こういった場に顔を出してみるのもいいでしょう。

　また、句会の楽しいところは、同じように俳句を愛する

句会とは

句会は、俳人もしくは俳句の愛好者が集まって句を発表したり、意見を交換し合ったりする集まりのこと。俳句は昔から人が集まって楽しむ「座」の文学といわれており、句会はそれを体現する会といえる。

句会に参加するには？

句会に参加するには、雑誌やインターネットなどで句会の情報を得ることから始めよう。ここで大切なことは、指導者や主催者の作品をあらかじめ読んで、自分の好みと合っているところを選ぶこと。作風が合ったら、連絡を入れてみよう。

句会の流れとは？（事前投句の場合）

1 作句する

行く句会が決まったら、与えられた題、もしくは季節に合った句を前もって作る。数は句会により異なり、3～5句程度。

人と交流できること。目的を同じにする仲間ができることで、テクニックを切磋琢磨し、俳句談義に花を咲かせられます。新しい情報なども、こういった交流から得られるに違いありません。

2 短冊に清書する

句会当日は受付を済ませたら、作ってきた句を配布される短冊に無記名で清書して提出する。

3 清記用紙に転記する

集まった短冊は混ぜられ、再び参加者に配られる。配られた短冊を清記用紙に転記し、番号を振る。

4 選句する

清記用紙を回覧し、気に入った句をメモする。選句用紙に気に入った句と番号を書いて選句する。

5 句が発表される

選句された句が発表されたり、自分で読んで発表したりする。自分の句が読み上げられたら名乗り、点数が記録される場合もある。

6 意見を交換し合う

最後は句の批評や意見の交換、選句の理由などを話し合い、客観的評価を得る。

句会後は……

句会後は、親しい仲間と食事などをしながら交流会が行われます。その日の句の批評や意見交換はもちろん、テクニックに関することなど、句会とはまた違った交流を楽しめるでしょう。同じ目的をもった仲間ですから、きっとよりよい時間になるはずです。

Column

素朴な疑問に答えます!

季語って自分で作っていいの? 季題ってなに?

否定はされませんが、それが市民権を得て歳時記に載るまでには時間がかかります。俳句は普遍的な事柄を詠む叙景詩ですから、よほどの言葉ではない限り、いい意味でも悪い意味でも、定着しないでしょう。かつてスキーやスノーチェーンも新しい季語でしたが、それらが市民権を得て、歳時記に入るまでにはなん年もかかりました。

ところで、季語という言葉のほかに**「季題」**という言葉も俳句には存在します。こちらは厳密にいうと、季語よりも大きな季節の詞。和歌の時代から歴史的蓄積がある四季の言葉です。そのため、本来なら季語は季題をとりまく膨大な季節の言葉と考えられています。現在は季題も季語も同じ意味で使われますが、俳句をたしなんでいくと分けて考えることもありますから、ふたつの違いを覚えておくといいでしょう。

吟行って何? 句会とは何が違うの?

吟行は句会の一種で、屋外で行われる俳句会です。カルチャーセンターの仲間や愛好者が数人~数十人集まって行っていたり、ネットなどでも吟行の仲間を募集していたり、今日ではオープンな集まりがたくさんできてきました。

吟行のおもしろいところは、訪れた場所で句を作るところ。参加者全員で同じ景色をみて、その場で俳句を詠みます。同じ景色をみているのに、みな句材の見方、言葉の選択が違うので、その相違を楽しむことができます。俳句は叙景詩ですから、部屋の中でじっと作るというよりも、句材を求めて外へ出かけてみるのもいいものです。

第二章

川柳（せんりゅう）を始めよう！

今日から川柳を始めよう！という人に向けて

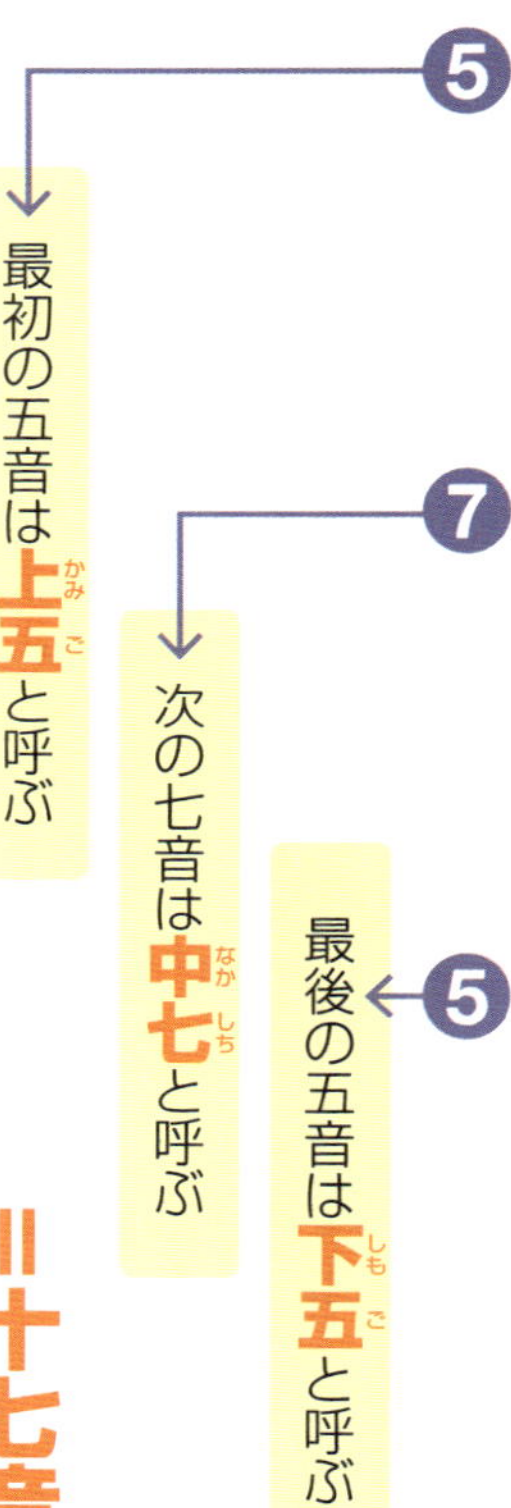

✓ 川柳とは、「人間を詠む」文芸！

まず、川柳を詠むにあたって心しておきたいのは、川柳は**「人間を詠む」文芸**ということ。俳句は風景を、短歌は個人の気持ちなどを詩に込めるが、川柳は基本的に人間を時代や社会、生活に絡めて詠む文芸である。

川柳は五七五で詠まれる定型詩。人間を詠むには最適

川柳は俳句と同様に、**五七五の十七音**で詠まれる世界で最も短い定型詩です。江戸時代中期ごろに庶民の間で起こった文芸で、起原からもわかるように、その時代の口語を使用して詠まれます。内容は**「人間」を中心とした事柄**。それを時代や社会、生活に絡めて客観的に表現します。

川柳で最も意識したいこと

川柳とは、語呂合わせ、ダジャレ、標語ではない！

火の用心、マッチ一本火事の元！
これは標語！

ＩＴ化いいえわが家は愛低下
これはダジャレ！

おみくじを引いたはいいが今日も凶
これは語呂合わせ！

は、標語やダジャレ、語呂合わせではないということ。多くの初心者が作風を間違ってとらえているようですが、あくまでも川柳は文芸作品。単なる言葉遊びではないことを心に留めておきましょう。

川柳というと、標語やダジャレ、語呂合わせ（言葉遊び）を思い浮かべる方もいるが、右のような例は川柳ではない。これらは単に五七五のかたちを取っているだけといえる。川柳を詠む場合は、あくまでも「人間」を中心に時代や社会、生活に絡めて詠むこと。

川柳の句材は、身の回りのものすべて！

川柳は人と絡むものすべてが句の材料となる。つまり、家事でも、仕事、政治、習い事、恋愛、勉強など、身の回りのもの**すべてが句の財産**だ。身近なものが材料となり得るので、気軽に句を詠むことができる。

瞬間芸ではないという意識を！

現在多くの人が川柳の本質を誤解しているようです。本来、川柳は人間を客観的に、普遍性をもって詠む句。一過性（いっかせい）、瞬間芸が効いている作品が、それの持ち味ではありません。いつの時代でも共感を得られる句を意識して作りましょう。

これだけは覚えておきたい！川柳の三つのルール

ダジャレや言葉遊びにならないために

単なる言葉遊びやダジャレにならない川柳を詠むためにも、基本をしっかりと押さえておきましょう。

最も理解しておきたいのは、川柳の要素です。江戸の昔から**「うがち、軽み、滑稽（こっけい）」**というキーワードがいわれていますが、これを現代の意味に直して覚えておきましょう。また、その要素を使って、ど

1 五七五の十七音である

咲いてまた 
逢いたい人の 
名を想い 
（やすみりえ）

五七五音は古来から日本にある韻律（いんりつ）。川柳を記す際には、基本的に**五七五を続けて書く**のが基本。

2 現代の三要素と三部門がある

川柳の入門書にはよく、川柳の要素として「うがち・軽み・滑稽（こっけい）」というキーワードが書かれている。しかし、これを聞いてすぐに理解できる人は少ないだろう。これらは確かに川柳を詠むための要素だが、「うがち・軽み・滑稽」を現代的にわかりやすくすると次のように理解できる。

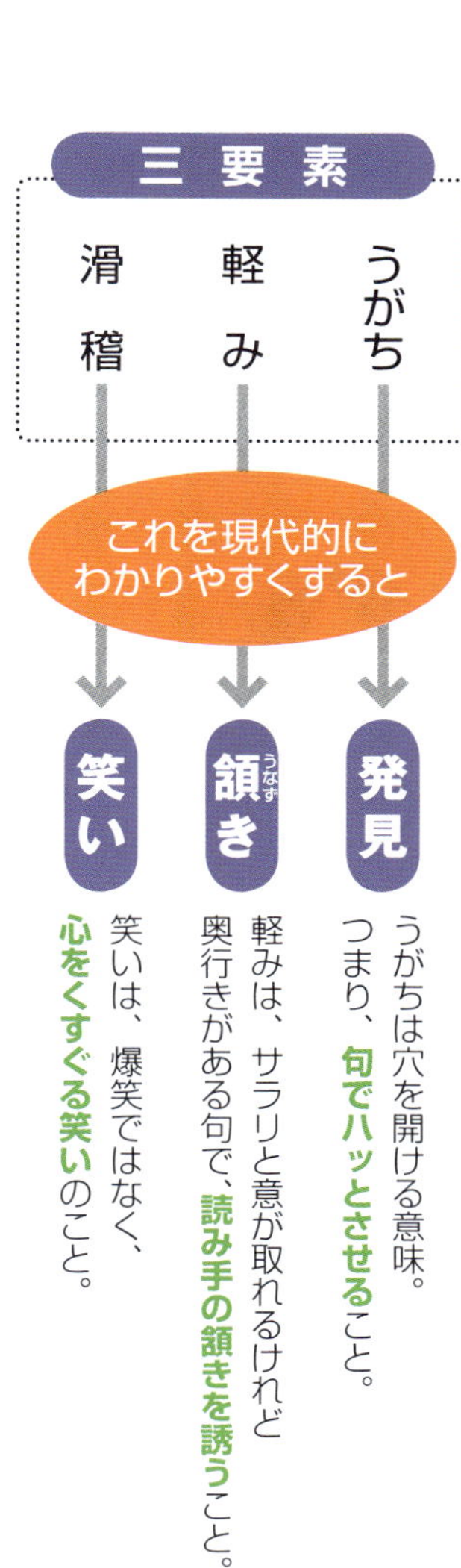

んなジャンルの川柳が詠めるのか、という点も理解しておきたいところ。ジャンルは三部門あり、「叙情的川柳」「ユーモア川柳」「時事川柳」です。三要素に三部門。これらの組み合わせの中から表現方法を見つけましょう。

▼さらにこれらを詠むジャンルとしておおよそ三部門がある

三部門

ユーモア川柳…クスリと笑いを誘う川柳

叙情的川柳…感情や気持ちなどが、じんわりと漂う川柳

時事川柳…社会の動向を絡めた川柳

3 誹謗中傷はNG！

「うがち・軽み・滑稽」という三要素。そして、ユーモア川柳、時事川柳などのジャンルがあることから、川柳は一歩間違えると誹謗中傷をしてしまう可能性が。他人への攻撃は、作家のセンスが問われるだけでなく、作品としてもNGだ。それは芸術ではないことを肝に銘じ、**句に客観性と品格をもたせる**ことが大切だ。

「客観的ですね」は褒め言葉

川柳の句を褒める際、よく「客観的」という言葉が使われます。人間を詠む川柳にとって、自分のことでも第三者の目をもって詠むことが大切です。また、客観性がない句は、独りよがりの内容になったり、誹謗中傷だったりする場合もあるので、注意が必要です。

勉強しているだけでは始まらない！さっそく川柳を詠んでみよう

✓次のテーマで、川柳を作ってみよう

テーマ
「笑」

ここでの最低限のルール

（1）五七五の十七音にすること
（2）三要素と三部門を意識して作ること
（3）誹謗中傷（ひぼうちゅうしょう）はNG

まずは感じたことを素直に句に表現してみよう

頭で勉強しているだけでは川柳のおもしろさは感じられません。さっそく、「笑」という言葉を使って、川柳を詠んでみましょう。

詠むにあたってはまず、「笑」という言葉を変換させてみましょう。「笑い」「笑って」「笑顔」など、さまざまにあるはずです。またどのように、誰が、どこで、なぜな

テーマ「笑」の例句

春の日の笑顔信じてしまいそう（やすみりえ）

作句する際には、「笑う」「笑い」「笑って」「笑顔」「微笑」など、笑うという言葉を変換させてもOK。

人間を詠むという基本的なことを忘れずに詠んでみよう。

あなたが作った句を空欄に書きましょう

ど、その周辺も考えてみましょう。実際のエピソードがあるなら、それを自分なりの言葉で表せばOKです。大切なことは、秀作を作ろうと気を張らず、思ったこと、感じたことを上のルールに則って、素直に表現してみることです。

作った句は大切に……

112～113Pにて、実際に川柳初心者が詠んだ句を添削をします。それを参考に、あなたも自分自身でこのページで作った句を推敲してみましょう。また、初心者がやりがちな失敗も、実際の句でわかるはずです。今後の作句の参考にしてください。

柳人への道 1

川柳を詠むためにはなにを、どのような視点でみればいいのか？

一読明快な句を目指すこと！

まず、なにを詠むにしても、どんなことを句に盛り込むにしても、初心者の場合、できあがりは**一読明快**を目指すことが大切だ。一読明快とは、読んで字のごとく、一読しただけで、作者の意図するイメージや意味がわかる句のことを指す。

表現したいことを絞る！

川柳の句材は、日常の身の回りにあることすべて。普段の生活のことでも、仕事のことでも、あるいは流行や時事など、ありとあらゆることが題材となる。従って、句材が無数にあるからこそ、表現したいことを**一点集中させる**ことが大切。

ピント合わせやフォーカスをして句を詠む

どんなに高名な柳人でも、詠み始めたばかりのころの基本は一緒。まずは「一読明快」な句を目指したいものです。

この目標に到達するには、**句材を絞ることが大切**。川柳の句材は、日常のありとあらゆるものが題材となるため、なおさら事柄を絞らないと句がブレてしまいます。上の今川乱魚の例句のように、「妻

一読明快な例句

恐れるも頼るも妻の記憶力（今川乱魚）

の記憶力」一点を浮き上がらせる視点が重要でしょう。写真を撮る際、中心となる被写体にピントを合わせたり、フォーカスしたりしますが、作句する際もそのような視点が大切です。

右は今川乱魚の句をイラスト化したもの。おそらくこの句の裏には、妻の普段の行動がたくさん隠れているが、それらをすべて省き、「記憶力」を浮き上がらせる内容としたところに、明快さが感じられる。

一読明快な句はイメージも浮かびやすい

一読しただけで、作者の意図するイメージや意味が読み手にストンと落ちる句は、絵として頭に浮かびやすいでしょう。名句と呼ばれる作品を鑑賞すると、それらはおおよそイメージがつきやすい傾向にあります。他人に自分のイメージが伝わる句を目指しましょう。

柳人への道 2

川柳の三要素「軽み」、それはリズムでもある

軽みのある句とは?

軽みとは、川柳の三要素のひとつ（80P参照）。「サラリ」といってのける句を指すが、これは垢抜けている意味ももち、句の調子とも関係している。句になめらかさやリズミカルさがないと、モタついた印象を与え、読み手の頷きを得られないのだ。

軽みのある例句

本日の愛はさらりと目分量（やすみりえ）

団扇からないよりましの風がくる（大嶋濤明）

五七五の定型で調子を整えている上に、言葉の音もリズミカルになっている。よどみなく読めて、なおかつ一読明快であることも川柳には重要だ。

リズムのいい句は人の心に残りやすい

川柳は「詩」であり、調べです。従って、**句全体のリズムは大切**。句ができあがったら、一度声に出して読んでみると、その善し悪しがわかるでしょう。

句のリズムを整えるテクニックとしては、助詞を変える方法があります。なかでも、読む際につまずきを与える「で・ば・が・に」は再考

の対象です。特に濁点の助詞は発音が引っかかる分、句の流れを立ち止まらせる傾向があります。声に出して読んだ際、つまずくのであれば、たとえ一文字でも根気強く考えてみましょう。

☑「で・ば・が・に」を変えて句のリズムを整える

句のリズムは、たった一文字でつまずきを与えてしまう。特に**「で・ば・が・に」が出てきたら、言葉が変更できないか**考えてみよう。

✕ **NG例**

シワ寄せて笑う夫が愛おしく

○ **添削後**

シワ寄せて笑う夫の愛おしく

濁点の「が」は、句を重たくする印象があるため、これを「の」に変更。すると、意味は同じなのに調子のよい句となる。

✕ **NG例**

カーテンで遊ぶわが子が風まとい

○ **添削後**

カーテンと遊ぶわが子は風まとい

次の句も濁点の助詞を変更。「で」は「と」に、「が」は「は」とし、句全体を整えた。このように、一度作った句でも再度、句を声に出して読み直し、句調を考えることができの善し悪しを左右する。

川柳の偉人

川柳の偉人といえば、その名が由来となった柄井川柳（からいせんりゅう）（1718〜1790）を忘れてはならないでしょう。彼は江戸時代中期の前句付けの点者（てんじゃ）、つまり選者でした。前句付けが次第に流行すると、選句眼に優れていたことから抜群の成功を収め、それが文芸として成り立つと「川柳」と称されるようになったといいます。

柳人への道 3

川柳のリズムをもっと楽しもう! 破調を句に取り入れてみる

☑破調とは？

五七五の十七音に当てはまらなかったり、トータルでは十七音だが五九三や八四五など、**通常とは違った配分をする句の調べ**のこと。

☑破調の種類とは？

「字余り」…**五七五の十七音より数音多い調べ**のこと。ただし、原則として字余りは**必然性**がなければ、技術として認められない。推敲して、五七五になるならばその句は十七音の作品とするべき。字余りは上五の部分を上六に、下五の部分を下六にといったように、一番最初と最後で行うのが一般的。真ん中で字余りにすると、中だるみの印象を与えてしまう。**字余りは、感動や驚き、不安などを呼び起こす**ことができる。

「字足らず」…五七五の十七音に満たない調べのこと。**字足らずは原則として認められていない**。作句して音が足りなければ、作品を作り直ししなければならない。

破調は必然性がなければ句として成功しない

破調とは五七五のリズムとは違った調べのこと。そのうちのひとつのテクニックが「字余り」です。感動や驚き、不安など、思いが溢れた際に使われています。

初心者が字余りを使う場合は、上五で使用したほうが、句がまとまります。逆に下五でそれを施すと下が大きい分、モタつき、句の後味が悪くなる傾向があります。また、言葉の配分を変える**句またがり**も、よく見られるテクニックです。破調を取り入れると句におもしろみが増しますが、基本は定型に沿わせることです。この意識は、破調にするときも忘れずに。

「句またがり」…トータルでは十七音だが、五九三や八四五など、**通常とは違った配分をする句の調べ**のこと。

八七五の字余りの例句

ハッピーエンド（8）にさせてくれない（7）神様ね（5）（やすみりえ）

句またがりの例句

お互い（5）に自分が耐えた（9）気で夫婦（3）（野谷竹路（のやたけじ））

句またがり：に自分が耐えた気で

よじれないように（8）手渡す（4）にっぽんご（5）（樋口由紀子（ひぐちゆきこ））

句またがり：ように手渡す

このほか破調には字余りで句またがりの句もある。これらの技法は、取り入れると**句におもしろみが増すほか、独自性も高まる**。ただし、リズムをよほど考えないと、モタついたり、だらけたりする恐れも。また、破調をする必然性がないと、句としては成功しないので、そのあたりも考えてから取り入れてみよう。

破調でもいい句はそらんじやすい

定型を体に染み込ませた人が作った破調は、どこかしらリズムがよく、そらんじやすい句になっています。麻生路郎（あそうじろう）の破調は、その内容とも相まって、そらんじやすい句。ぜひ鑑賞してみましょう。「湯ざめするまでお前と話そ夢に来よ」。

柳人への道 4

取り合わせの妙。二物衝撃と一字空けについて

空間や時間を飛ばすか飛ばさないか

川柳は俳句と同様に、ひとつの事柄をストレートに詠む「一物仕立て」と、ひとつの句のなかにふたつの事柄を読み合わせ、空間や時間を転換する「二物衝撃」というテクニックがあります。

技法としては後者のほうが高度。取り合わせる事柄を慎重に選ばなければ、句が安っぽくなったり、伝わらなかっ

☑ 一物仕立てと二物衝撃とは？

ひとつの事柄をストレートに詠むことを一物仕立てといい、ひとつの句に、関係のない**ふたつの事柄を取り合わせて詠む**ことを二物衝撃という。

一物仕立ての例句

泣き言もほろりと甘いドロップス（やすみりえ）

「ほろり」も「甘いドロップス」も、どちらも「泣き言」にかかる言葉となっている。また、句を通して主題が「泣き言」になっているのも、一物仕立ての理由だ。

☑ 二物衝撃は高度なテクニック

二物衝撃は、関係のないふたつの事柄を取り合わせて詠むため、一物仕立てより高度なテクニック。それを十七音のなかでしなければならないうえ、取り合わせる事柄が**近すぎても遠すぎても句として成功しない。**

二物衝撃の例句

貧乏してたね西日強かったね（大木俊秀（おおきしゅんしゅう））

「貧しさ」と「西日」という、関係ないようでいて、決してそうとは言い切れないふたつのものを取り合わせ、ハッとさせられる句に仕上げている。二物衝撃はこのように、つかず離れず、お互いが呼応するものを合わせることが大切だ。

☑ 一字空けとは？

基本的に句は五七五を続けて書くが、一字空けることで、場面転換や気持ちの切り替え、作者の視点の変化など、俳句でいう**「切れ」の効果**を与えることができる。

※俳句の切れについては52P参照

一字空けの例句

電池交換　休もうか走ろうか（平賀胤寿（ひらがたねとし））

一字空けをすることで、作者の視点の変化が表されているほか、一瞬立ち止まって考えた間（ま）をも感じさせている。むやみに一字空けは禁物だが、効果を狙ったものは句に深みを与える。

たりします。

一字空けは川柳と短歌の技法です。一字空けることで作者の視点の変化や間（ま）を作り出すことができます。ただし、一字空けの多用は禁物。必然性をもって使いましょう。

二物は同等の影響力を合わせるのがコツ

二物衝撃で取り合わせる事柄は、同等の影響力をもったものを使うことが重要です。上の例句のように、「貧乏」と「西日」がその好例。どちらも、言葉も意味もイメージも補うようなかたちで存在しています。これを考えるとやはり、二物衝撃は高度な技法といえそうです。

川柳に季語は必要？川柳の季語の考え方

川柳にとって
季語は
小道具的役割

日本の短詩型というと、「季語」をいれなければならないと思っている方がいますが、季語が必要なのは俳句のみ。川柳には、特に**季語は必要ありません**。とはいえ、季語を使ってはいけないという意味ではなく、それを句にいれても小道具的な役割しか担わないのです。

上の例句をみてみましょう。

川柳に季語はなくてもいい！

川柳に季語が必要と思っている方はたくさんいるが、それは**基本的になくてもいい言葉**。季語が必要なのは俳句であって、川柳は入っていても入っていなくてもいいというスタンスだ。

川柳にとって季語は小道具的役割

もともと季節の詞(ことば)を自然に大切にしてきた日本の土壌があるため、季語は否定するものではないが、川柳に季語、たとえば桜を意味する「花」が句に使われていたとしても、それは句で表現したいことを脇から支える**小道具にすぎない**。ただし、季語はそれだけでさまざまな意味があり、句に言葉では言い表せないイメージまでも込めることができるため、少なからずその恩恵はもたらされる。

季語が小道具的に使われている例句

ちょっとしたことで白紫陽花(しろあじさい)のばか（やすみりえ）

「紫陽花(あじさい)」という季語が本来もっているイメージの恩恵はありますが、句を熟読すると、それはあくまでも「ちょっとしたこと」「ばか」を盛り立てる小道具にとどまっていることがわかります。

季語は小道具。この認識で作句に取り組みましょう。

右の例句の場合、季語は夏の「(白) 紫陽花」だが、それがこの句の主役ではない。句で詠まれているのは人の気持ちであって、紫陽花の情景ではない点が川柳らしい。ただし、紫陽花という季語から、暑さや、ジメついた季節のイライラした感じも伝わってくる。これが季語の恩恵だ。

季語とは？

季語は季節の詞(ことば)のこと。春なら「立春」、夏なら「海の日」、秋なら「秋茄子」、冬なら「枯野」など、天文から生活までその数は数万種に及ぶ。季語はそれだけでさまざまなイメージを与え、句に奥深さや奥行きをもたらす。

柳人への道 6

句を引き締める数字を句に使ってみよう

✓ 数字を使うことによって句が引き締まる

数字には、**句をすっきり**とさせる効果があるばかりか、数を重ねて**おもしろみ**を与えたり、唯一あるいは無数の印象を与えて**壮大な句**にさせたりする効果もある。

数字の例句

包んでよ100パーセント綿素材（やすみりえ）

数を限定させてはっきりとどんな状態かを浮き上がらせ、やわらかい感触を読み手に与えることに成功している。

0歳のボク神さまとじゃんけんぽん（関水華）

0歳なら神さまとじゃんけんしても……と、妙な納得感を与える句。もし0歳でなければ、この句は成立しないだろう。

数字を使うと句が具体的になるのが魅力で効果

数字としてよく使われているのは、日にち、時間、そして年齢です。「還暦」「成人」などの表現も、数字的な効果があるのでそれに含まれるでしょう。また金額の表現もよくみられます。

数字を使う効果は、**句がより具体的になる**ことです。たとえば「急な坂道」を「十三度の坂道」としたらどうで

九・一一わたしは何も見なかった（田口麦彦（たぐちむぎひこ））

世界に衝撃が走った日を上五（かみご）に据（す）えることで強調し、その後に続く句を、より一層強く印象づけている。

恋成れり四時には四時の汽車が出る（時実新子（ときざねしんこ））

事情のある「恋」なのか、早朝でもありそうな、夕方でもありそうな時間設定がこの句のポイント。読者を引きつけて止まない時間選択だ。

しょうか。もっと誇張（こちょう）をして「四十五度」とすると、心臓破り級の坂をイメージできます。目に見える数は具体的ですが、想像させるものはもっと大きくなるでしょう。これが数字の効果です。

数字を使うときのさじ加減

数字の効果は大きいものですが、なんでもかんでも数字に置き換えればいいというものではありません。それを置き換えたときに、10人中8人が納得するというように、表現に違和感を感じさせないことが大切です。

柳人への道 7

省略するか、長い言葉を使うか、言葉選びを考える

短詩型だからこそ、一音を大切に

何度も紹介しているように、川柳は五七五の十七音で作る詩だ。音数が決まっているからこそ、**一音が非常に大切**になってくる。句ができあがったら、言葉が短くできないか、省略できないか、見直してみることが大切だ。

意味が通るなら言葉を変えて切り詰めてみよう

原句

「久しぶり！」⑤ 笑ってごまかす⑧ 「誰だっけ？」⑤

添削後

「久しぶり！」⑤ ごまかし笑い⑦ 「誰だっけ？」⑤

中七（なかしち）が八音になっていることもあり、ここを推敲（すいこう）しなければならない。この句の場合は、「ごまかし笑い」とした。これで原句の意味を変えずに定型のかたちに整い、句もすっきりとリズミカルになる。

さまざまな言葉を試してみよう

言葉を変えたり、省略したりして意味が通らないのは本末転倒ですが、一度句を作っても、今一度、言葉選びを考えることが重要です。

言葉を変更・省略する場合で注意したいのが、**造語をしないこと**。略語が流行っていますが、川柳は文芸です。流行に飛びつかず、品格を忘れないことが、客観性のある優

実は、省略ばかりが句をよくするワケではない

あえて長い言葉を使用した例句

見舞いには日本銀行券がよし（今川乱魚）

右の句のおもしろさがどこにあるのかわかるだろうか？　この句の特徴のひとつは、お金を「日本銀行券」としているところだろう。言葉を短く、もしくは省略するだけでなく、あえて長い言葉、この場合は正式名称を使ってみるのも楽しさだ。

れた句を生み出します。

さらに、言葉選びという点では、あえて長い言葉を使うという選択肢もあります。上の例句のほかに、「自販機」を「自動販売機」と表現するのも、句によっては効果的でしょう。

川柳の偉人

現代の川柳の礎を築いたのは、阪井久良岐と井上剣花坊という人物です。新聞の川柳欄から始まったその活動は、結社や川柳誌を生み出しました。江戸時代の後半から明治時代まで、川柳は狂句といって滑稽を主とする内容に傾倒しましたが、ふたりの登場で狂句と決別し、現在につながる川柳を創出しました。

柳人への道 8

おんな、女、オンナ……？視覚的な言葉選びも重要

ひらがな、漢字、カタカナ……どれを使うかで印象が違う

日本語の表記は多彩だ。ひらがな、漢字、カタカナだけではなく、アルファベット表記もそのうちのひとつだろう。しかも、それらの表記にはやわらかさや硬さ、女性的、男性的、今昔などのほかに、その文字から視覚的な印象も漂う。すなわち、川柳の言葉選びは、**視覚的な影響も考えなくてはならない**のだ。

それぞれの印象

ひらがな…やわらかさ、優しさ、女性的など

漢字…硬さ、重厚感、男性的など

カタカナ…軽やかさ、流行、無機質など

アルファベット…格好よさ、異国感、中性的印象など

作者の気持ちに沿った言葉を探そう

どの言葉で表記するかも大切な推敲（すいこう）どころです。日本語にはひらがな、漢字、カタカナのほかに、アルファベット表記もあります。社会や時代を句に絡（から）める川柳にとって、内容によっては、英語などその他言語で表すこともあるでしょう。それぞれの文字には、本来もっているイメージがありますから、**視覚的な印象も**

インパクトを考えて表記を選ぶ

表記は、どれを選ぶかによってインパクトが違う。すべてひらがなで表記するのもインパクトがあるし、漢字表記できるものをあえてカタカナで表すのも強調の方法だ。**なにをどれだけ句の中で浮き上がらせたいか**、考えることが大切だろう。

視覚の効果を狙った例句

つきあかりだけでいきられたらいいね（やすみりえ）

全部ひらがなで表記して、やわらかさを出した句。

しあわせになりたいカラダ透き通る（〃）

「カラダ」のみをカタカナ表記にして浮き上がらせ、想いをのせた句。

ショウコインメツやがて二人は真っ白に（〃）

四字熟語をあえてカタカナに。インパクトとともに軽さや謎（なぞ）めいた印象も同居させた句。

考えたいものです。そういった感覚も大切にしながら、言葉選びをしていきましょう。また、表記が作者の気持ちに合っていても、読みづらいのはＮＧです。その場合は、再考する必要があります。

表記は身なりを正すこと

表記を整えることは、いわば身なりを正すこと。それゆえにコンテストでは、句の見た目も評価の対象です。選考に残る作品は、ひらがな、漢字、カタカナなど、句の全体の重さがよく考えられているといいます。最後まで気を抜かずに推敲しましょう。

柳人への道 9

新しい言葉やルビなど、特殊な表現を使うときの注意

特殊な言葉や表現は責任をもって使う

新語や流行語など新しい言葉は、句に入れると真新しさがあって人目を引きますが、それらを使うときには注意が必要です。川柳は一過性（いっかせい）の瞬間芸を求める詩ではないので、それらを使ったとしても、なんらかの**普遍性**をもたせなければ句として成功しません。また、それらは特定の人しかわからない可能性もあ

☑ 新しい言葉を使うときは、言葉に責任をもつこと

川柳は基本的に、人間を時代や社会、生活に絡（から）めて詠む文芸であるため、**新しい言葉については寛大**。ジャンルの中に時事川柳もあることから、「メール」や「ケータイ」「クールビズ」など、句に使う傾向がある。

☑ とはいえ、新しい言葉は安易に使うと句がすぐに古くなる！

新しい言葉のなかでも流行語は、言葉自体に瞬発力やインパクトがある分、安易にそれを句に詠み込んでしまうと、数週間後にはもう句が古くなってしまう。それを使ってしまったばかりに、懐（なつ）メロ感や野暮（やぼ）ったさが浮き出てしまう場合も。**流行語は飛びついて使わない**ことが大切だ。

新しい言葉+普遍性がみられる例句

ATMおでんの匂いかぎながら（津田暹（つだすすむ））

真夜中のｍａｉｌ送ってひとりきり（やすみりえ）

新しい言葉を句に使うときは、そこに普遍性をもたせることが必須。これから先の未来、その句を詠んでも「うがち」つまり、読み手をハッとさせられる力が必要だ。右のふたつの句はどちらも、ＡＴＭやｍａｉｌという言葉を使いながらも、万人を納得させる内容を詠んでいる。

ルビはNG!

ルビ、つまり「運命（さだめ）」など、当て字を作者が作り、ふりがなを振るのは嫌われている。理由は、一読明快（いちどくめいかい）な句が良しとされているためだ。ただし、ルビといえど辞典などに掲載されている難読語や難読地名、そのほか難しい人名などは、それに含まれない。

※本書のルビについて→14P

ります。「クールビズ」など、10人中8人がすでに知っているなど、言葉はある程度、知名度があるものに限ります。当て字を表すルビは、基本的に使うのは避けましょう。

使ったモン勝ちという気持ちは×

特殊な言葉や表現は、前述しているように句に詠み込むには注意が必要です。しかし、最初に使うと「使ったモン勝ち」と思って優越感にも浸れることから、安易に取り込んでしまう方がいます。作句にその気持ちは不必要です。流行に乗ることが川柳ではありません。

話し言葉や方言を句に盛り込んでみる

話し言葉はリズムを生む

川柳は、**現代仮名遣い×口語体で表記するのが一般的**だ。従って、**話し言葉もすんなりと句で使うことができる**。また、それを使うことで句にリズムが生まれ、川柳らしい軽やかな印象も読み手に与えることができる。

下五を話し言葉にした例句

つまさきのあたたかい恋しています（やすみりえ）

下五（しもご）を現在形の話し言葉にしたことで、現実味と恋をしているウキウキとした気持ちまで表現。また、全体的にひらがな表記にすることで、女性らしさも出ている句になっている。

話し言葉をカッコつきで使用している例句

「またね」って言ってくれないから秋ね（やすみりえ）

たったひと言の「またね」をカッコでくくり、相手のセリフとして強調。この作品のワンシーンが、話し言葉によってグッとリアルに浮き上がる。

句を盛り立てる話し言葉と方言を取り入れる

現代仮名遣いで口語体を表現の基本とする川柳では、話し言葉は句に入れやすいでしょう。句を盛り立て、**軽やかさや独特のリズムを生む**ので、テクニックのひとつとして覚えておくと◎です。

また、**方言も独特の味わいを与える表現**です。大阪弁川柳で（※）「別れよか旨いもんでも喰うてから」や「命までか

方言も独自性を与える話し言葉

言葉はなにも標準語だけではない。
各地には方言もあり、**句に味わいを加える**ことができる。

方言を使用した例句

しゃっけい手温めあってる北の恋（斎藤大雄）

「しゃっけい」は冷たいという北海道・東北の方言。
標準語を使うよりも、厳しい寒さや「温め合っている」温もりがより一層伝わってくる。

けた女てこれかいな」という句がありますが、これらからは大阪人の人柄も想像させて、人情さえ感じさせます。このように、句を盛り上げるひとつとして方言を使ってもおもしろいものです。

※引用「大阪弁川柳」（第三書館）

川柳の偉人

戦後、六巨頭と呼ばれる川柳の大家が現れました。その六人というのが、「〜のような」の達人である川上三太郎、コピーライターの草分けでもある岸本水府、日常生活をベースに作句し続けた村田周魚、川柳一本で生計を立てた職業柳人・麻生路郎、古川柳研究者でもある前田雀郎、「川柳は人間である」と主張した椙元紋太です。

柳人への道 11

ここが肝心！ 下五をまとめれば、句は一段とよくなる

✓ 初心者は下五に注目を！

句は作ったからといってそれで安心してはならない。そこから推敲するのが、よい句を作るポイントだ。しかし、初心者の場合、推敲するにもどこから手をつけていいか迷うときがある。そんなときは、**下五を中心に再考するとよい**。

✓ 下五をどうまとめるか？

下五のまとめ方はさまざまある。体言止めにしてみたり、話し言葉を採用したり、「～しよう」や「～しましょう」、「～かも」と命令形や進行形、推量形にしたり、**バリエーション**はいくつもある。自分の表現したい内容に沿うかたちで、さまざまな表現を考えてみることが大切だ。

下五のまとめ方の例句

鑑定の帰りに壺の割れる音（島田駱舟）

下五はシメ。最後が締まらないと句がダラける

下五は四コママンガでいうなら、いわば**オチの部分**です。ここを締める（推敲する）ことによって、句は一段とよくなります。

たとえば、句の硬さが目立ってしまうのであれば、読後の広がりや余韻をもたせる意味で「～しましょう」と誘ったり、投げかけるのも手。また、体言止めですっきりさせ

生乾きですがお会いになりますか（ふじむらみどり）

こどもの日母の日　五月って嫌い（庄司登美子）

一句目は体言止め、二句目は疑問形、三句目は話し言葉でまとめている。どれもまとめ方がおもしろいが、表現はあくまでも自由なので、型にはまらずいろいろな言葉に挑戦してみよう。

るのもいいでしょう。

句のまとめかたは締めるばかりがそれではありません。「無味無臭嫌いになっただけのこと（やすみりえ）」のように、上五が四字熟語でどっしりとしている場合は、下五は技巧的にしないのもテクニックのひとつです。

し止めは古い!?

川柳の入門書には「し止め」といって、「背伸びする」という言葉を「背伸びをし」でまとめる方法が紹介されていますが、これは江戸川柳によくみられた手法。「〜ぞ」というのも同様です。使ってはいけないというわけではありませんが、現代では少し古いテイストなので、多用は控えたほうがいいでしょう。

柳人への道 12

言葉が浮かばない……、どうしても句が作れないときは

言葉をたぐり寄せる方法

初心者がいざ句を作ろうとしても、なかなか言葉がたぐり寄せられないときがある。そんなときは次の方法で、**句を作るヒント**が得られる。

1 真ん中に、句の中心となる言葉を書く。お題が出されているときは、真ん中にお題を据える。

2 1の言葉から連想される事柄を、思いつく限りその周りに書く。

3 2で出てきた言葉を五七五になぞらえてみる。

ただし、この作句方法は最終手段。これにばかり頼っていると、せっかくの作句の楽しみが感じられないほか、言葉をただつないだだけになる可能性も。表現者として句を作るなら、一音一音言葉を探すのが正当だろう。

言葉を見つけるには連想してみよう

どうしても言葉が出てこないときは、上の方法で言葉をたぐり寄せてみましょう。82Pのようにすでにテーマやお題があるなら、この方法は有効です。真ん中に句の中心となる言葉を据えて、それから連想できる事柄を周囲に書き記しましょう。最後は出てきた言葉を定型になぞらえて詠んでみると、ある程度の句が

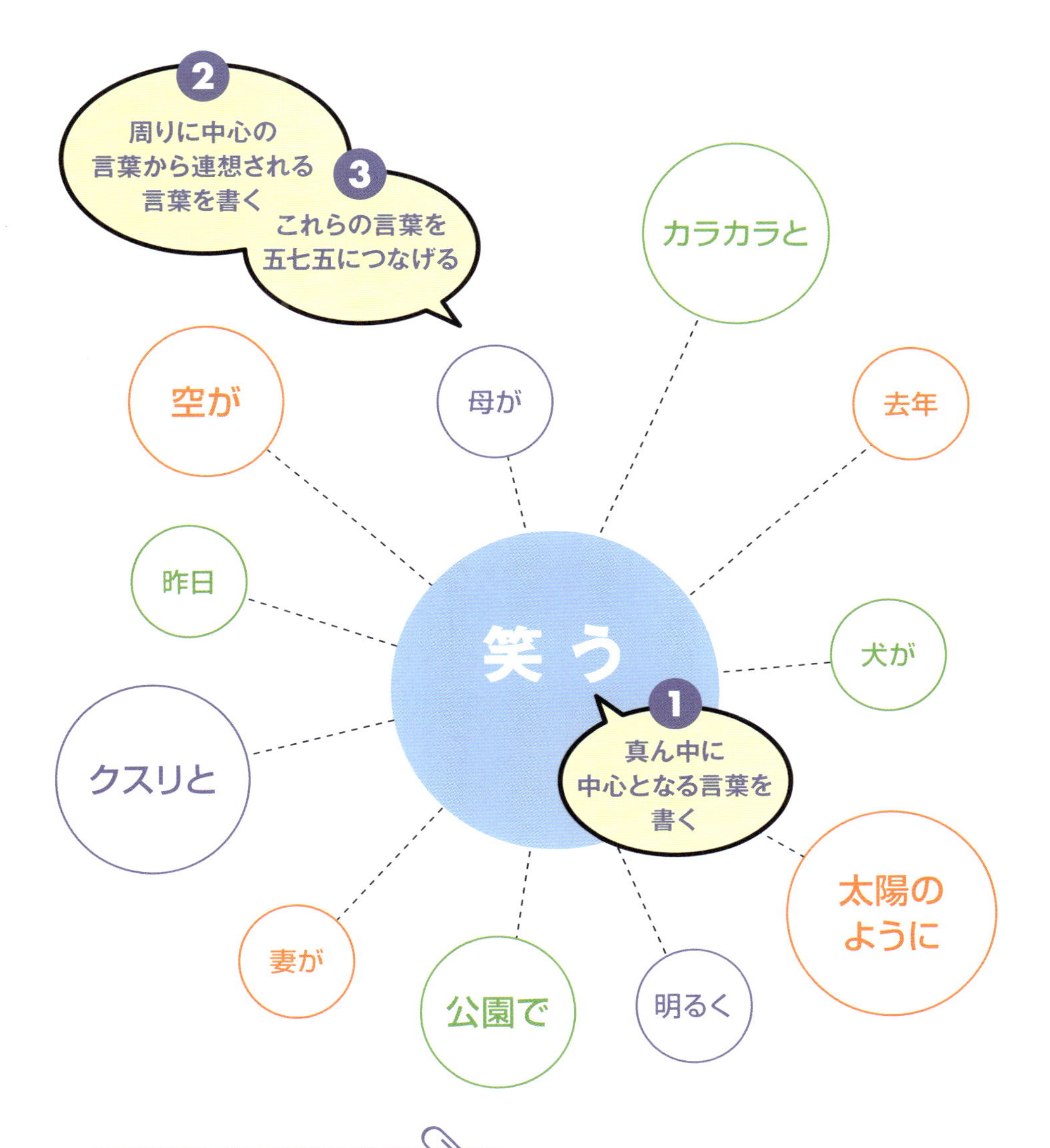

できあがります。

とはいえ、この方法はあくまでも最終手段。これで秀作ができるとはいえませんから、言葉を見つける足がかりとして利用してみてください。

好きな柳人を見つける

作品作りにおいては、ほかの人の句も鑑賞することが大切です。お気に入りの作風をもつ柳人（りゅうじん）を見つけて、まずは発想をマネして作ってみるというのも、入門したてのときは勉強になるでしょう。言葉の選び方、下五（しもご）のまとめ方、リズム感など、さまざまに学ぶことができます。

川柳を作る近道は、川柳にあり！名句を鑑賞しよう

子が出来て川の字なりに寝る夫婦（古川柳）

［江戸時代に詠まれた名句。時代を超えても頷きを与える内容が、名句たるゆえんだ。本来川柳は、こういった普遍性が必要。］

酒とろり身も気もとろり骨もまた（川上三太郎）

［「〜ような」の達人である川上三太郎の作品。全身が酒で気だるくなってくる様子を「とろり」とひらがなで表現している。視覚的な言葉の選び方も巧み。］

恋せよと薄桃色の花が咲く（岸本水府）

［作者が十九歳のときに作った句。「恋」と「薄桃色」「花」を合わせたところが美しく、若さを感じると同時にたおやかな雰囲気も漂っている。］

二合では多いと二合飲んで寝る（村田周魚）

［六巨頭のひとり、村田周魚の作品。数を重ねておもしろみを与えているばかりか、句の内容と相まって、滑稽さを引き立たせている点に注目を。］

俺に似よ俺に似るなと子を思い（麻生路郎）

［親の心情を描いた秀作。「人間を詠む」という川柳の特性を、まっすぐに、そして普遍性をもって表現している作品といえるだろう。］

子の手紙前田雀郎様とあり（前田雀郎）

［子どもから初めてもらった改まった手紙に、親としてうれしい気持ちとこそばゆい気持ちが入り交じった感覚を句に詠んだ。］

知ってるかあははと手品やめにする（相元紋太）

［「川柳は人間である」と主張した柳人の作品。会話をそのまま採用し、笑い声まで句に詠んだ点がおもしろい。川柳だからこそできる言葉選びだ。］

現代川柳、投稿句なども作句の参考に！

戦後～現在作られている句も参考にしてみよう

子を産まぬ約束で逢う雪しきり（森中恵美子）

［大人の恋愛を詠った句。下五の「雪しきり」がさらに心に突き刺さり、つらさを漂わせている。］

お茶がわりなどと嬉しい泡が出る（大木俊秀）

［言葉のプロである元アナウンサー出身の柳人。お酒の句も多く、これはそのひとつ。お酒好きには共感度が高い句ではないだろうか。］

こいびとになってくださいますか吽（大西泰世）

［男女ふたりの会話、しかも告白の言葉をそのまま句にしているところがおもしろい。告白している側をひらがなで、答えている側を漢字で表記している点にも注目を。］

花鋏指紋はひとつ妻だった（大野風柳）

［現代川柳作家のひとり。妻に先立たれ、その痕跡が少し経ってから花ばさみに見つけたという、作者の切ない気持ちと妻への思いが伝わってくるような句。］

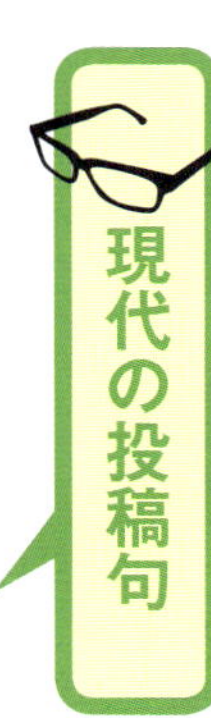

農耕の血を細々とプランター（古野つとむ）

［平成二十三年国民文化祭入賞作品。農耕民族である日本人のDNAを「農耕」という言葉で表現しつつも、現代はそれが「プランター」に受け継がれていることにつなげている。大胆にイメージを変換した点が秀逸。］

キャベツからあなたは誰と聞かれてる（小梶忠雄）

［右の句と同じく、平成二十三年国民文化祭入賞作品。ブランド野菜などがあまた並ぶ時代になった昨今だが、果たしてそれを選んでいる人間とは……。問いかけをキャベツに託した点に注目。］

自由奔放　小顔の君はすてきです（安田直枝）

［一字空けも効いている句。「小顔の君」が「自由奔放」を引き立たせ、その女性の小悪魔感を強いものにしている。］

あと一歩が肝心！実際の句でみる推敲のポイント

実際に初心者が作った句を推敲し、よい句になるコツをつかもう

お題　「笑」　というテーマで作句

※作句のルールは、82Pへ

ポイント1

字余りを正して定型に！

原句　殴り書いた「妻」の字にほほえんで

添削後　殴り書く「妻」の一字にほほえんで

上五が字余りをしているが、この句の場合、原句の意味を変えずに言葉を変更できるので、定型に整えること。また、「一字」と数字を使って唯一さを強調するとよい。

ポイント2

余計な読点はトル！

原句

喧嘩(けんか)して、黙るやいなや、もう寝てる

添削後

喧嘩して黙るやいなやもう寝てる

川柳は基本的に、句読点なく一行で表すのがルール。その基本に則(のっと)り、余分な「、」はすべて削除。こういった凡ミスも、推敲時に見つけて整えなければならない。

ポイント3

下五(しもご)を重点的に見直し！

原句

幼子の笑う手お手々両手で包み

添削後

幼子の笑う手お手々包んだ手

原句は、最後が七音となり破調になっている。しかし、これも意味を変えずに定型にできることから、言葉を変更。下五(しもご)を体言止めにして、すっきりとした句に仕上げるとよい。

ポイント4

視覚的な言葉選びも推敲を！

原句

カラ笑い　目の痙攣(けいれん)だけ仕事する

添削後

空笑い　こころ痙攣していなす

カラ笑いは「空笑い」と漢字表記の方が雰囲気が重く、次に続く疲弊感につながる。また、目の痙攣を「こころ痙攣」とニュアンスを強めて、下五は進行形にするとまとまり感が出る。

柳人への道 16

川柳の腕を磨きたい人は句会に参加してみよう

句会に参加するには？

句会は、柳人（りゅうじん）もしくは川柳の愛好者が集まって句を発表したり、講評や感想を交換し合ったりする集まりのこと。句会に参加するには、雑誌（柳誌（りゅうし））やインターネットなどで句会の情報を得ることから始めましょう。ここで大切なことは、指導者や主催者の作品をあらかじめ読んで、自分の好みと合っているところを選ぶこと。作風が合ったら、連絡を入れてみよう。

句会の流れとは？（事前投句の場合）

1 作句する

行く句会が決まったら、与えられた題の句を前もって作る。投句数は句会により異なる。

2 短冊に清書する

句会当日は受付を済ませたら、作ってきた句を配布される短冊に無記名で清書して提出する。

句会での評価は腕を上げるきっかけに

現在、大きい句会から数人単位の小さい句会まで、たくさんの句会が催されています。専門誌のほかにインターネットでも募集があったり、カルチャーセンターの講座でも句会形式の授業が行われたりしていますので、一度調べてみるといいでしょう。

句会では、**句の批評、意見交換なども行われます**。とき

3

選者が選句する

提出された句（出句、投句）を選者が選句する。

4

句が発表される

選句された句が、選者によって順位づけされ、読み上げられる。自分の句が読み上げられたら名乗り、作者名が記録される。

句会では評価がつけられる

句会では、入選句に順位をつけない方法もあるが、「位づけ」といって、順位をつける場合もある。

天→第一位の句。選句の一番最後に発表される最優秀句。
地→第二位の句。
人→第三位の句。
佳作→前抜（まえぬき）、平抜（ひらぬき）、平句（ひらく）ともいう。
選に漏（も）れた句→没句（ぼっく）。

評価は精神的に厳しくもあるが、川柳の腕を磨く絶好のチャンス。
句会での評価が絶対ではないので、あくまでも参考に川柳を作る力をつけるとよい。

に手厳しい評価がくだされることがありますが、それが絶対ではありません。川柳力を上げるいい機会ととらえて、受け取るといいでしょう。また、句会に行くと仲間ができます。それも今後の川柳生活に刺激を与えてくれます。

類想句（るいそうく）にはご用心

類想句とは、違う人が作ったのに同じ発想、同じ内容に仕上がった句のこと。お題があるものは、特に重なりやすい。これを防ぐためにも、作句に慣れてきたら第一発想のアイディアを捨てることが大切です。二番目、三番目のアイディアを句にするといいでしょう。

Column 川柳の素朴な疑問に答えます！

字結び可っていったいなんのこと？

「字結び」というのは、お題のとらえ方のこと。たとえば「山」というお題であった場合、「字結び可」ならその字が句に入っていればいいということになります。つまり山という言葉の本来の意味を気にせずに、「山田」でも「山形」でも使えるわけです。では、「内」が字結び可だった場合を考えてみましょう。この文字は「うち」とも「ない」とも読めます。これを含めると「河内」「庄内」という地名も、「内祝い」「家内」という言葉も句に使えます。

ちなみに、ルールの中には「詠み込む」という縛りもあります。これは「笑う」というお題なら、その言葉をそのまま使わなければならない決まりです。「ゲラゲラ」などのオノマトペに変えたり、「クスッ」など笑いを匂わす言葉もNGとなります。

メモの上手な書き留め方ってあるんですか？

言葉の書き留め方は人それぞれですが、メモ帳は手の平サイズがおすすめです。というのも、句材や言葉はじっと考えているときよりも、乗り物に乗っているときや歩いているときなどに案外、いいものが浮かんでくるから。いつでもどこでも、サッと書き留められるように、コンパクトなタイプが役に立ちます。

また、メモは五七五の音数に縛られずに、浮かんだままをまずは書き留めてＯＫです。感性のままに、ファーストインプレッションを大切にしましょう。

句会には、その場で作句する会もあります。メモ帳は持参可能ですから、こういったときにも書き留めたメモ帳は大いに活躍するはずです。

第三章

短歌を始めよう！

今日から短歌を始めよう！という人に向けて

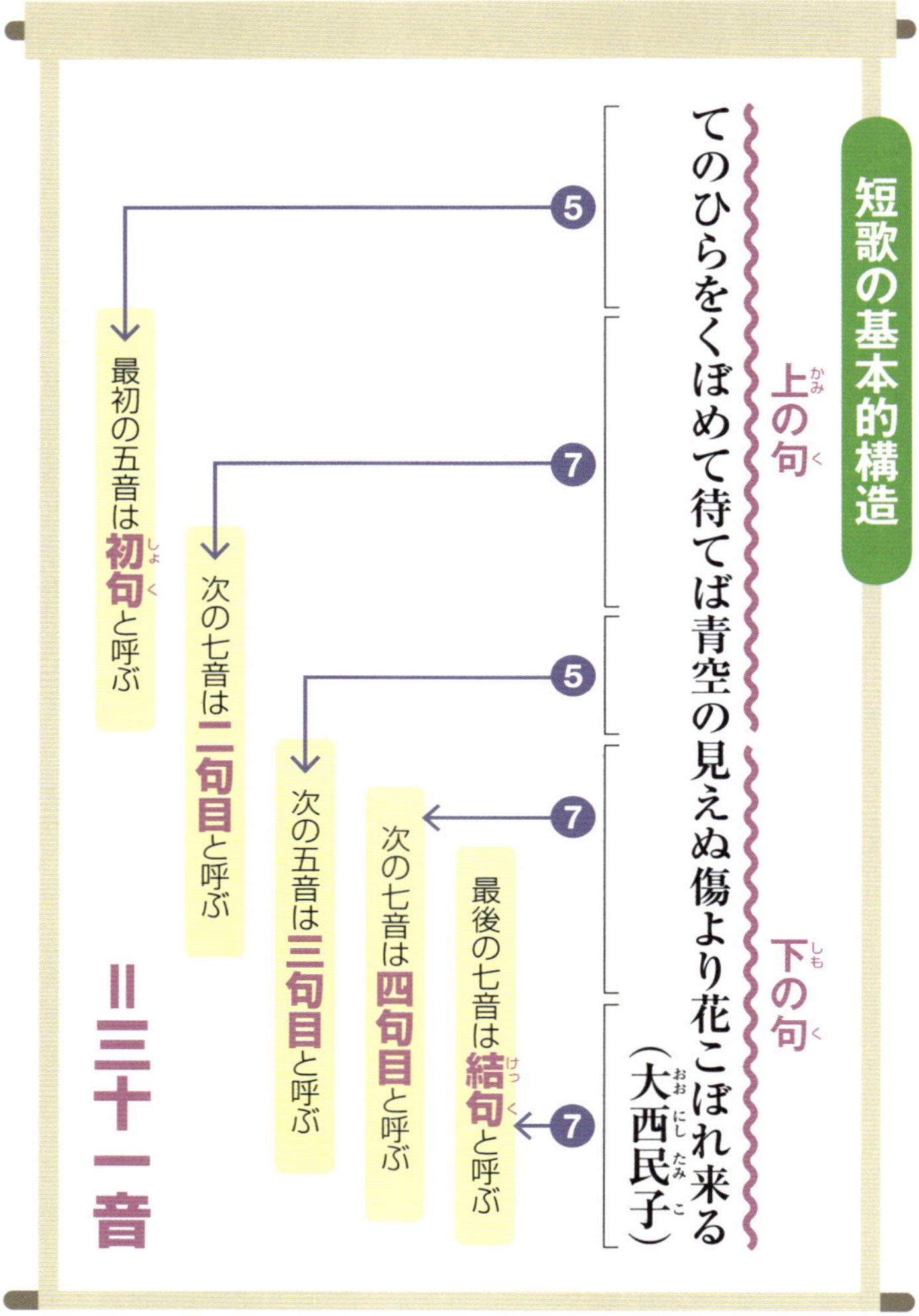

短歌の基本的構造

短歌は和歌の流れをくむ五七五七七、三十一音の短詩型

短歌は、**五七五七七で詠む三十一音**の定型型です。和歌の流れをくみ、その長さも相まってしばしばそれ（古典和歌）と混同されますが、短歌は明治時代以降の作品を指し、一般に明治期、大正期は「近代短歌」、それ以降は「現代短歌」と称されています。

現在、和歌とは区別されていますが、その実、趣向や技

短歌は、三十一音の定型詩

短歌は三十一文字（みそひともじ）の文芸といわれるように、**三十一音で詠まれる定型詩である**。最初の五音を初句といい、二句、三句、四句目と続き、最後を結句という。また、前半の五七五は上の句、後半の七七は下の句と呼ぶこともある。

和歌と短歌の違いとは？

和歌の流れをくみ、音数も三十一音の短歌はしばしば和歌と混同される。しかし、和歌は平安時代を中心に詠まれた古典和歌を指し、**短歌は明治以降の歌を指す**。現在、三十一音で詠まれているものは現代短歌という。和歌と短歌では時代が異なるため、使われる言葉の仮名遣いやルール、テクニック、内容などで大きく違う部分がある。

和歌とは区別されるけど……

短歌は和歌（古典和歌）と区別はされているが、**和歌の趣向や技巧、発想、語句などを取り入れて作歌されることもある**。従って、和歌を知っておくことで短歌を鑑賞する際に深く読むことができるばかりか、自分で作る際にも作品に広がりをもたせることができる。

巧、発想、語句など和歌を取り入れて作歌されることも多いため、それを一概に無視することはできません。現代短歌をこれから詠むなら、古典和歌も鑑賞し、その知識を蓄えておくと役立ちます。

短歌の偉人

近現代短歌の礎（いしずえ）を築いた歌人といえば、正岡子規（まさおかしき）です。子規は俳人（はいじん）でもあり、短歌だけでなく、俳句にも新しい時代をもたらした文学者でした。彼は新聞に「歌よみに与ふる書」を掲載して、万葉集を高く評価し、それまで継がれていた和歌を革新、近代短歌を創出しました。

これだけは覚えておきたい！短歌の三つのルール

1 五七五七七の三十一音である

てのひらにてのひらをおくほつほつと小さなほのおともれば眠る（東直子）

5 7 5 7 7

五七五七七音は和歌の時代から続く韻律（いんりつ）。短歌を記す際には、**五七五七七を続けて書く**のが基本。

2 短歌は、感覚や感情を風景を伴って詠む詩型！

短歌の最大の特徴は、**作者個人の感覚や感情を、風景を伴いながら歌に込める**ところだろう。上（かみ）の句で風景（場面設定）を、下（しも）の句（く）で作者の気持ちを詠み込むかたちが基本構造となる。

作者個人の感覚や感情が表れている例歌

五線紙にのりさうだなと聞いてゐる遠い電話に弾むきみの声（小野茂樹（おのしげき））

最大の特徴は感覚や感情を風景を伴って詠むところ

短歌の最大の特徴は、作者の感覚や感情を風景を伴って詠むことです。五七五七七を用いて、その基本的構造を説明するならば、上（かみ）の句（く）で場面設定をし、下（しも）の句（く）で作者の気持ちをのせることでしょう。

俳句のように、風景を中心に詠むのではなく、川柳のように客観的に人間を詠むのでもありません。短歌は、**主観**

問題!

上の句に次の3つの中から
下の句を組み合わせてみましょう

思い出にはいつも雨などふっていて

【選択肢】
（1）鮮しくみる半袖のきみ
（2）自転車はほそきつばさ濡れたり
（3）クロワッサン型の小さな漁港

や個人の心情を歌に詠み込むことで作品が成立します。

そのほかの特徴としては、季語は必要がないこと。短歌の季語に対するスタンスは、自然に季節感が出ればいいという考えです。そのため、作品によっては季語がなかったり、ふたつ入っていたりする場合があります。

3 季語は入れる必要はない

季語が必ず必要なのは俳句。短歌の場合、**季語は歌の中に自然に入ればいい**というスタンスだ。つまり、歌の中には季語が入っていなかったり、ふたつ入っていたり（俳句でいう季重（きがさ）なり）することがあってもよい。

季語（麦藁帽）が自然に詠み込まれている例歌

海を知らぬ少女の前に麦藁帽のわれは両手をひろげていたり（寺山修司（てらやましゅうじ））

問題の答え

正解は（3）
杉崎恒夫（すぎざきつねお）氏の作品です。この歌の場合は、上の句で作者個人の主観を述べて、下の句で風景（場面設定）を詠んでいます。このように短歌は、情景が付随することで、風景とともに感情が滲（にじ）む世界です。

勉強しているだけでは始まらない！さっそく短歌を詠んでみよう

次のテーマで、短歌を詠んでみよう！

ここでの最低限のルール

（1）五七五七七の三十一音にすること
（2）感覚や感情を風景を伴って詠むこと
（3）季語は気にしなくてOK

テーマ

「青春の思い出」

言葉が見つからないときは、エピソードから歌を作ってみよう

さっそく、テーマに沿って短歌を詠んでみましょう。ここで歌を作る最低限のルールは、上の三つ。これさえ守れば、あとはあなたの想う歌を自由に創作してOKです。

もし、言葉がたぐり寄せられないときは、実際のエピソード（状況）を思い返し、そのときの感情を含めて歌をまとめ上げてみましょう。そ

テーマ「青春の思い出」の例句

あの時は待っていましたきっちりと合わせた膝に花を咲かせて（東直子）

ふたりしてひかりのように泣きました　あのやわらかい草の上では（〃）

恋の思い出。学生時代の思い出。うれしかった、さびしかった、くやしかったなど、自分の感情を風景とともに歌に詠み込もう。

☑ あなたが作った歌を空欄に書きましょう

の後、さらにエピソードだけ言葉を具体的にするなどしてアレンジを加えると、短歌的に歌を整えることができます。短歌の中心にあるのは、作者の感情です。ここがブレないように、アレンジを施してみましょう。

作った歌は大切に……

作った歌は、あなたの大切な作品です。一首一首がわが子ですから、大事に扱いましょう。また152〜153Pで、実際に初心者が作った歌を推敲します。言葉の選び方や調べ、感情表現の方法など、さまざまな点で今後の作品作りの参考になるはずです。

歌人への道 1

短歌を詠むにはなにから発想を得ればいいのか？

ひとつの素材にひとつの気持ちで歌を詠む

歌の中心が作者の心情なので、まずは自分の気持ちを掘り下げて、それにふさわしい自分らしい言葉と情景を探してみましょう。

エピソードから歌を作る場合は、素材を絞る（しぼ）ことが大切です。ひとつの素材に対して、気持ちもひとつに絞り込み、素材と気持ちが響き合う歌を目指しましょう。また、作品

☑ 自分が感じた気持ちに気づく

作者個人の感覚や感情を歌に込める短歌にとって、まずは**自分が感じた気持ちに気づく**ことが大切。恋人やパートナーからいわれたひと言でうれしさや悲しさを感じたなら、それを歌にすればいいのだ。

☑ 自分の感情をいかに自分の言葉で表現できるかが肝（きも）

表現したい自分の感情をみつけたら、それにふさわしい**自分らしい言葉（表現）と情景を探そう**。実際のエピソードをそのまま短歌にするというのもひとつの手だ。また、創作として、実際に体験しなかったことも短歌の材料となる。他人の発言や物語など、想像の中にも歌の世界は広がる。

実際の発言と想像した状況を合わせた例歌

そうですかきれいでしたかわたくしは小鳥を売ってくらしています　（東直子）

「そうですかきれいでしたか」といったのは作者ではなくある別の男性で、ほかの誰かに嫁いでしまった元恋人の近況を聞いていった言葉。この歌は、その発言を聞いた作者が、さびしそうな男性を小鳥を慈しみながら売っている架空の人に結びつけた作品だ。作歌に慣れてくると、イメージをふくらませて詠むこともできるようになる。

として歌を心に留めてもらえるようにするなら、要素を詰め込みすぎた歌は、第三者には作者の意図が伝わりにくくなります。そういった意味においても、絞り込むことは重要です。

☑ あちこち、いろいろ盛り込まないこと

歌を作ろうと言葉を探していると、どうしても肉づけしたくなり、結果、盛り込みすぎて読み手に通じない歌になってしまうことがある。**歌の筋を一本通し**、それに焦点をあてて詠むことを徹底しよう。

歌が平凡にならないワケ

「みどりごは泣きつつ目ざむひえびえと北半球にあさがほひらき（高野公彦）」。この歌の上の句は、赤ちゃんにはありがちな状況を詠っています。ですが、歌が平凡になっていないのは、下の句の「北半球」という視点。これが「ベランダ」なら歌が小さくなってしまいますが、視点をはるか上空に引いたところがこの歌のすごさでしょう。

歌人への道 2

短歌はどんな言葉で詠むのがふさわしいのか？

現代短歌の主流の言葉とは？

現代短歌の主流の言葉は、**現代仮名遣い×口語**になってきている。つまり、普段使っている言葉で詠めばいいのだ。とはいえ、作風として歴史的仮名遣い×文語を基本にしている歌人がいるほか、歴史的仮名遣いだけれども口語風に作ったり、文語と口語をひとつの作品に混在させたりするミックス型の歌人もいる。

表現を使い分ける

基本は現代仮名遣い×口語という歌人でも、字面（じづら）からくる言葉の重さやおもしろみなどの効果を狙って、作品によっては歴史的仮名遣い×文語やミックスで歌を詠むこともある。いずれにしても大切なことは、**自分の表現したい作風に合ったスタイルを選択する**ことだろう。

現代仮名遣い×口語の例歌

「嫁さんになれよ」だなんてカンチューハイ二本で言ってしまっていいの
（俵万智（たわらまち））

言葉は
自分と歌に合う
表現を選択しよう

現代短歌の主流の言葉は、**現代仮名遣い×口語**の組み合わせ。短歌初心者なら、普段使っている言葉で作ったほうが、文法の誤りなども少なくなるのでおすすめです。歌作りに慣れたなら、歴史的仮名遣い×口語風など、さまざまに使い分けをして詠むといいでしょう。

言葉選びが比較的自由な短

歴史的仮名遣い×文語の例歌

最上川逆白波のたつまでにふぶくゆふべとなりにけるかも（斎藤茂吉）

歴史的仮名遣い×口語の例歌

愛妻家の古学者が来てこのゆふべよくも出鱈目が書けるな、といふ（紀野恵）

言葉選びはこんなところにも表れる

どんな言葉で詠むかという問題のほかに、ひらがな、カタカナ、漢字など、どの表記を採用するかというのも大きな問題。ひらがなならやわらかい印象、カタカナなら軽やかな印象、漢字なら重い印象というように、見た目の言葉選びにも注意しよう。

カタカナを多用した例歌

アナ・タガ・スキ・ダ　アナ・タガ・スキ・ダ　ムネ・サケ・ル　夏のロビンソン（東直子）

ひらがなを多用した例歌

このあろはしゃつきれいねとその昔ファーブルの瞳で告げたるひとよ（穂村弘）

一首目は、ぎこちなさがカタカナ表記と相まっている。一方、二首目はひらがなであえて表記して、発言した女性のイメージを強めている。

歌において一番大切なことは、**自分の表現したいスタイルを選ぶ**こと。歌人の中には、作品によって文語、口語、ミックスを使い分けることもあります。作品内容に沿った表現をみつけてみましょう。

短歌の偉人

夫の与謝野鉄幹とともに、近代短歌の発展に貢献した女性歌人といえば、与謝野晶子（1878〜1942）です。情熱的な作品が多く、浪漫派歌人として独自のスタイルも確立しました。処女歌集『みだれ髪』は不朽の名作。

歌人への道 3

短歌は歌の一種。音の響きを意識して詠んでみよう

同じ音を連鎖させる

あざやかにあなたはあらわれそして消え煌々と灯は明るいばかり（東直子）

「あざやかに」「あなたは」「あらわれ」「明るいばかり」と、「あ」という音を繰り返し使って、歌にリズムをつけ、音を響かせている。このように、同じ音を連鎖させて歌にリズムと響き、つまり**韻律が生じることによって心地よい歌となる。**

ホメロスを読まばや春の潮騒のとどろく窓ゆ光あつめて（岡井隆）

どんな音を連鎖させるかによっても、歌の印象を変えることができる。たとえば「あ」を連鎖させると明るく、華やかな印象を与え、「ホメロスを～」のように「お」や「う」の音が全体に流れると、轟くような力強い印象を与える。

同じ音を連鎖させると思わぬ効果が

同じ音を連鎖させて歌を作るのは初心者には高度なテクニックですが、もし、作った歌がその方向に向かった場合、響きに注目してみましょう。上の例歌一首目のように「あ」を連鎖させると、やわらかさや明るさを読み手に与えることができます。また「う」や「お」は響きが重くなります。あるいはカ行音が続けば鋭角

☑結句を引き締めて、歌全体の響きもタイトにする

音の響きを意識する方法として、結句を体言止めなどで締める方法もある。

サンダルのかかとの角度ゆるやかな夢にとけこむ「終点」の声（東直子）

仁王門の中の仁王の勇み立ち視よ視てしまう男の孤独（佐佐木幸綱）

おなじ絵を時をたがえて見ていたりあなたが言った絵の隅の青（吉川宏志）

体言止めでくくると、**歌が引き締まった印象になる**ほか、力強さなども読み手に与えることができる。また、場所や状況を体言止めで締めると**枠組みを作ったような効果**があり、額縁のある絵のように全体がすっきりする。

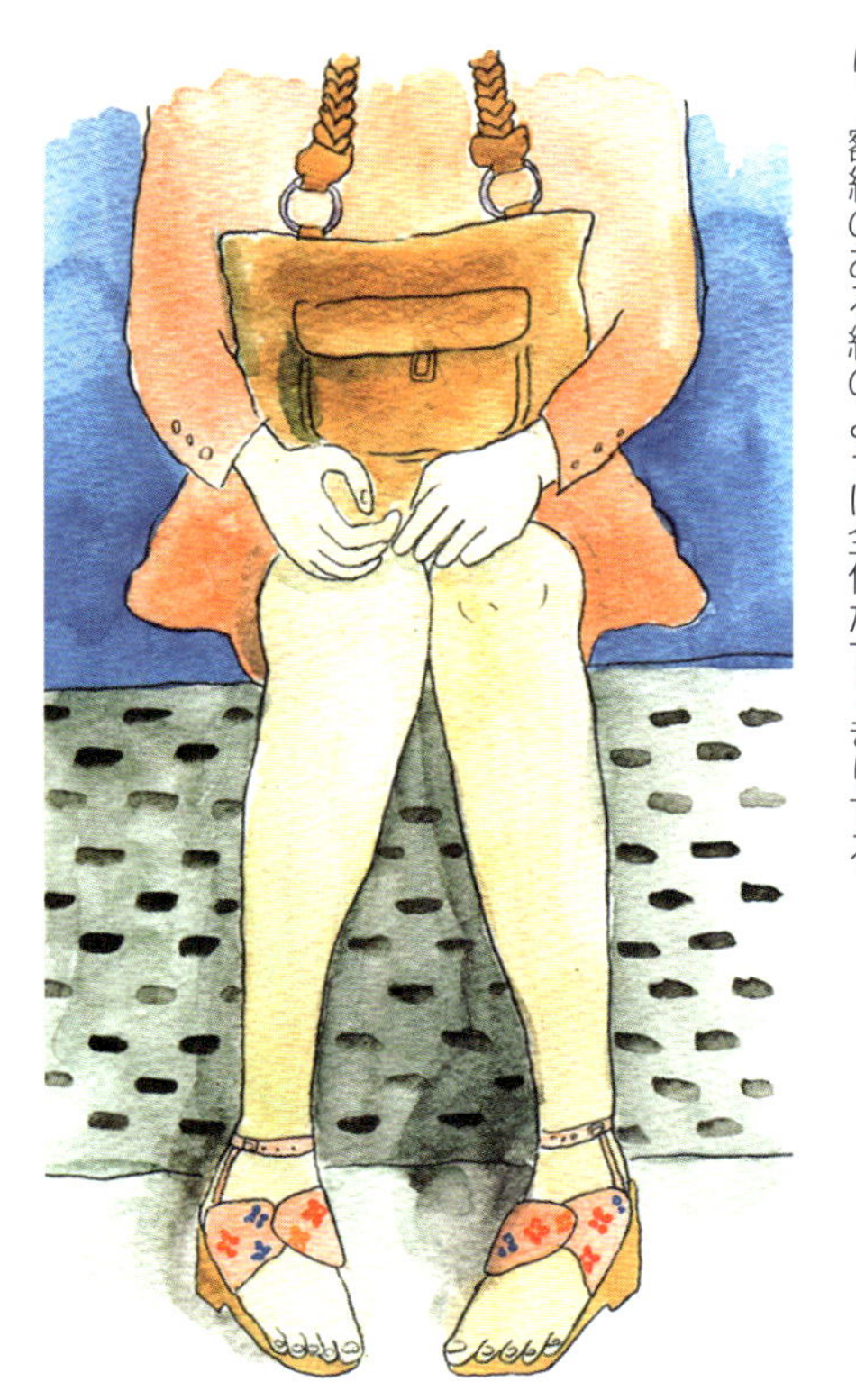

的な印象を与えるでしょう。

歌全体にかかわる音の響きとしては、結句のまとめ方もポイントです。体言止めで締めくくると力強さや、イメージの強調を導きます。短歌は歌ですから、調べにも注目してみましょう。

短歌の偉人

斎藤茂吉（1882～1953）は、アララギ派の中心人物。写実的歌風を特徴とし、「のど赤き玄鳥ふたつ屋梁にゐて足乳根の母は死にたまふなり」などの歌を詠みました。また、柿本人麻呂の研究書や随筆も執筆しており、芥川龍之介も認める文才を秘めていました。

歌人への道 4

思いが募ったり、溢れたら……破調で歌を表現してみよう

破調とは？

五七五七七の三十一音にあてはまらなかったり、トータルでは三十一音だが八四五七七など、**通常とは違った配分をする歌の調べ**のこと。

破調の種類とは？

「字余り」…**五七五七七の三十一音より数音多い調べ**のこと。ただし、原則として字余りは**必然性**がなければ、技術として認められない。推敲して、五七五七七になるならばその歌は三十一音の作品とするべき。**字余りは思いが溢れた場合に使われることが多い。**

六七六八八字余りの例歌

たとへば君　ガサッと落葉すくふやうに私をさらつて行つてはくれぬか
（河野裕子）

⑥⑦⑥⑧⑧

破調は作者の気持ちの表れ

歌を詠んでいくと、定型では収まらない歌ができあがるときがあります。推敲して定型になるならそれに越したことはありませんが、**気持ちが溢れたり、勢いが余ったり**してそれが音数に現れた場合は、破調の歌にしていいでしょう。

また、句またがりといって、言葉が句をまたいだ場合も、必然性があるなら作品としてOKです。

「字足らず」…五七五七七の**三十一音に満たない調べ**のこと。これも必然性を伴う必要がある。

字足らずの例歌

晩夏光おとろへし夕（5・7）
酢は立てり一本の壜の中にて（5・5・7）（葛原妙子）

「句またがり」…トータルでは三十一音だが、八四五七七などのように通常とは違った配分の調べのほか、句またがりと句割れ（ひとつの句の中で二つに言葉が分かれる）を伴った字余りの作品もある。これらは、歌のリズムに変化がつき、**散文のような印象**を与える。

句またがり＋句割れの例歌

のちの世に手触れてもどりくるごとくターンせりプールの日陰のあたり（5・7・5・9・7）（大松達知）
（句またがり：もどりくるごと／句割れ：ターンせりプール）

「一字空け」…**心理的な変化**があったり、**視点が変わったり**すると表記上で一字空けすることがある。一音には数えられないが、基本的に三十一音をひと続きで表記するため、一字空けもイレギュラーな表現として考えられている。ただし、一字空けも必然性がなければ、使わないほうがよい。

一字空けの例歌

六十年むかし八月九日の時計の針はとどまりき　いま（竹山広）

イレギュラーな表現としては、**一字空け**もあります。心理的休符としての役割のほか、時間、空間に隔たりがあった場合に使われるテクニックです。ただし、これも意味ある一字空けのみ認められます。

一字空けは俳句でいう「切れ」のようなもの

俳句の切れとは、「間」のこと（52P参照）。切れを作ることで気持ちや情景が省略され、余韻がもたらされます。短歌の一字空けは、これと同じような効果があります。ただし短歌の場合は、より一層、心理的な空間の広がりが伴います。

歌人への道 5

歌のバリエーション。「枕詞」と「序詞」を歌に取り入れてみる

枕詞の恩恵が歌の世界をさらに広げる

和歌の技法は正統的な使い方と、かたちを変えて使われているのとふたつあります。特に、**枕詞**はそのひとつ。上の例歌のように「しらまゆみ」に「春」を続けて、枕詞から漂う趣深さを伝統的な方法で歌に与えているのもあれば、枕詞を独自の方法で使い、詞からくるイメージを歌に引き寄せている場合もあります。

☑ 枕詞とは？

和歌から継がれている修辞のひとつで、ある特定の言葉の前に置かれて**調子を整えたり、情緒を与えたりする言葉**。枕詞は、**五音**のものが最も多い。

たらちねの→母
ひさかたの→光
ちはやふる→神
あしびきの→山

などが一般的な枕詞。

☑ 現代短歌の枕詞の考え方

和歌であれば、「たらちねの」ときたら「母」を続けさせなければならないが、現代短歌の場合は、あえて違う言葉を組み合わせる場合もある。

しらまゆみ春の海辺に遊びたりときをり君に敬語つかひて（栗木京子）

ぬばたまのこころ染むならとほきとほき宇治の川辺の翡翠のいろ（今野寿美）

一首目の「しらまゆみ」とは「白真弓」のことで、白木で作った弓を指す。この言葉は「射る」や「春」を続けるのが約束のため、この歌は通常の枕詞の手法を使用している。また、ただ春とするよりも「しらまゆみ」があることで、趣深い春の雰囲気が出ている。二首目の「ぬばたま」とは黒い玉のこと。本来は「黒」や「夜」「髪」にかかる枕詞だが、この歌では「こころ」にかけて独自に使っている。「黒いこころ」と直接表現するよりも、やわらかさや奥行きを出すことに成功している。

さらに、多くは使われていませんが、**序詞**も継がれているテクニックです。序詞は六音以上の言葉で構成される、言葉を修飾する技法。こちらは作者が創作するため、さらに高度な技法です。言葉のイメージをふくらませる練習として、ぜひ試してみてください。

序詞も歌のバリエーションに

序詞も和歌から継がれている技法。これの代表的な和歌は、「あしひきの山鳥の尾のしだり尾の長々し夜をひとりかも寝む（柿本人麻呂）」だが、このように枕詞と同じく言葉を修飾する機能をもつ。**序詞は六音以上の言葉で構成**される。

現代短歌の序詞の例歌

縞馬の縞はてしなき風の夜の長い手紙を生きているよう（東直子）

「縞馬の縞はてしなき風の夜の」が序詞。縞馬の縞が、風にのって伸びていくイメージと長い手紙をかけている。枕詞はすでに決められた言葉があるが、序詞は一首ごとに作者が新しく創作する。

和歌との違いを知ることも大切

短歌には和歌から継がれている技法が使われていますが、平安時代に使われていたテクニックをアレンジしている場合もあります。こういった修辞は、和歌時代の使い方を理解してこそのもの。正統的な使い方もしっかりと身につけましょう。

歌人への道 6

歌を知ればこんな技法も。「本歌取り」の注意点

☑ 本歌取りとは？

枕詞や序詞と同じく、和歌から継がれている技法のひとつ。名歌の**言葉や発想などを取り入れて歌を作る手法**だ。本歌取りは、その元となる歌の意味をよく理解していないと、作品に取り込めない。また、知識がなければ、鑑賞した際にその技法が使われていても気づくことができない。

☑ 盗作にならないように注意を！

本歌取りは、他作品の言葉や発想を取り入れるため、よほどの名歌や有名な歌からそれをしないと、**盗作と間違われる危険**がある。本歌取りをするときは、明らかにその技法を使っていることがわかるように、誰もが知っている歌から作歌するべきだ。

できれば名歌や有名な歌で本歌取りを

本歌取りも和歌から継がれている技法です。これを歌に取り入れる場合、盗作にならないように注意しましょう。というのも、**本歌取りはほかの作品の言葉や発想を取り入れる技法**。有名な歌や名歌など、読み手もそれなりに知っているもので本歌取りしないと、盗作と間違われる危険があります。この点に十分配慮

本歌取りの例歌

願はくは花の下にて春死なむその如月（きさらぎ）の望月（もちづき）の頃（西行（さいぎょう））

西行は花の下にて　われも樹下に心の髪はもう切ってある（大口玲子（おおぐちりょうこ））

西行の名歌を本歌取りし、独自の作品に昇華させて自らの内面を詠んでいる。このように、元となる歌がわかりやすいほうが読み手にも技法が伝わる。

☑ オマージュやパロディーということも

本歌取りはオマージュやパロディーも含む。歌で遊んでみてもおもしろい。

ハロー　夜。ハロー　静かな霜柱。ハロー　カップヌードルの海老たち。（穂村弘（ほむらひろし））

波浪　鶴。波浪　静かな下関。波浪　いなりずしのごまつぶ。（東直子）

都市の印象がある原歌を、地方都市のイメージでオマージュ。歌で遊んでみるのも、試してみたいテクニック。

してから、テクニックを使いましょう。

また、本歌取りはオマージュやパロディーという趣向もあります。歌で言葉遊びをするように、試してみても楽しいでしょう。

短歌の偉人

童謡作家でもある北原白秋（きたはらはくしゅう）（1885～1942）は、早熟の天才と謳（うた）われた三木露風（みきろふう）と並んで「白露時代」を築きました。「春の鳥な鳴きそ鳴きそあかあかと外（と）の面（も）の草に日の入る夕」「ヒヤシンス薄紫に咲きにけりはじめて心顫（ふる）ひそめし日」などの歌が知られています。

こんな歌の作り方も。「詞書」と「折り句」のテクニック

試すことは新しい歌を作る力に

歌作りのひとつとして、「詞書」というテクニックもあります。これは、前書きのこと。日時や場所、誰にあてたかなどを限定する作歌方法です。また、連作に用いることもあります。これをつけることで、歌の内容を補足することができます。

そのほか、「折り句」という技法も。句頭が限定される

✓ 詞書とは?

詞書とは前書きのこと。歌を作った日時や場所のほかに、誰に向けて詠んだかなど、歌の背景を限定させる技法。つまり、前説がつくので、歌の趣旨がわかりやすくなる。連作などにも用いられる。

はい、住んでゐました。
ずいぶん前のことですし、あまり覚えてゐないのですけど。
日没の鐘が鳴るまで子供らの笑ひ響かふそのやうな町　（石川美南）

二〇〇九年一月二十四日、笹井宏之君逝去。
冬の夜は果てもなくただ加湿器の囁きのなか青年は逝く　（加藤治郎）

一首目は物語のような印象を与える詞書。
二首目は、故人へ向けた歌ということを限定している。

☑限定することでおもしろさが増す「折り句」

折り句とは、言葉遊びのひとつで、各句の一文字目に五文字の言葉を一文字ずつ用いて作る歌のこと。ゲーム性が強いが、あまり使ったことのない言葉を呼び起こし、**意外性のあるおもしろい歌**ができる可能性もある。

「夢日記（ゆめにつき）」で作った折り句の例歌

ゆふぐれのめんどりちどり兄さんの月にゆきたい気持ちをつつく（東直子）

ため言葉選びは難しくはなりますが、ゲーム性があり、なおかつ語彙を引き出す練習にもなります。自分の中に眠っている新しい言葉の組み合わせを期待して、挑戦してみるのもいいでしょう。

いろいろ試してみると作風が広がる

折り句は、句頭を利用したものがほとんどですが、各句の初めと終わりに一音ずつ詠み込む「沓冠」という折り句もあります。語彙を引き出す練習になることは確かですから、こちらも試してみては。

歌人への道 8

歌にもっと深みを与える、一歩進んだ短歌的な表現を知ろう

別の言葉に託してみる

歌を作り始めた当初は、感情や状況をストレートに表現することが多いが、作るのに慣れてきたら、それらを**転換・変換させて**、歌の世界を広げてみよう。

現代短歌の比喩の例歌

牛乳がのみたくなったというような顔してナイフを買いにいくのか（江戸雪）

牛乳とナイフという対比がおもしろいばかりでなく、対象との関係性が伏せられて、謎が残る歌になっている。

眼鏡屋は夕ぐれのため千枚のレンズをみがく（わたしはここだ）（佐藤弓生）

物語的な広がりのある歌。あえて謎を残す表現をして、読み手の想像に任せている点がおもしろい。

歌の世界を広げるには一度作った歌に短歌的変換を加える

作品は、一度作ってもそれに満足せず、推敲を重ねてみることが大切です。特に初心者は、短歌的な発想の転換ができるように、言葉で世界を広げる訓練をしましょう。

実際のエピソードから歌を作った場合、状況を飛躍させるばかりでなく、そのとき感じた気持ちを別の物事に置き換えてみる技法もあります。

おねがいねって渡されているこの鍵（かぎ）をわたしは失くしてしまう気がする（東直子）

なにかに不安を感じている作者の気持ちや心許（こころもと）なさを、預かった鍵をなくす怖さに託した歌。感情をストレートに表現するだけでなく、別のシチュエーションに思いを託す方法も短歌の技法だ。

さらに、気持ちだけをまったく別のシチュエーションに移行する変換方法も。

歌の表現には正解はありませんから、自分で納得のいくまで表現方法を探してみることが大切です。

想像で歌を作るとき

一度作った歌にアレンジを加える際は、想像力を働かせて作ることになります。そのとき、自分の頭の中にあるもの以外でも、飛躍させるきっかけを与えてくれます。たとえば、本や辞書に目を通すと、ヒントを与えてくれるでしょう。

歌人への道 9

やってしまいがちな避けたい用法

✓ 慣用句、慣用的な表現は歌をダメにしてしまう

借りてきた猫
蛙の子は蛙
バケツをひっくり返したような雨
耳にタコ

前述のように、すでに周知のものとなっている表現は、新鮮味のない歌を作ってしまうことになる。これらは共通認識を端的に伝えるには有効だが、作品に取り入れるには**一般的すぎて、マイナスに。**

歌がつまらなくなるのにはやっぱり理由がある

優れている短歌は、**独自の感覚と言葉で表現されている**点が必ずあります。慣用句や慣用的な表現、よく使われるイメージは、歌を平凡でつまらないものにしてしまいます。できればこれらを覆す表現を探しましょう。

また、動詞の多用も避けたい用法です。**動詞は一首につき二～三個**が限度。それ以上

よく使われるイメージも要注意

母親＝やさしい、先生＝怖い、赤ちゃん＝かわいい、都会＝冷たいといった、固定観念も平凡な歌になる可能性がある。**イメージは覆（くつがえ）すことで、新しい表現が生まれる。**

一般的イメージに独自の感覚をつけ加えた例歌

ホームラン放つバットが種子だった姿おもうよ水を飲みつつ　（大滝（おおたき）和子（かずこ））

［木製バットの木としての歴史に着目した歌。視点がとてもユニーク。］

動詞の多用は避ける

一首の中に動詞を多用すると、主語がブレて歌全体が混乱する。そのため、動詞は**一首の中にふたつ**、最大でも三つが望ましい。

説明する、まとめる、感想を語りすぎるも×

歌はすべてを語らなくてもＯＫ。むしろ、**一首の中に謎（なぞ）を残して読み手の想像にゆだねるとよい**。なににおいても過剰なことは控えること。

あると、主語がブレて、読み手に内容が伝わりにくくなります。さらに、説明しすぎたり、感想を語りすぎている歌も想像の余地がなく、歌の世界を狭くします。ある程度読み手にゆだねる心積もりで作っていきましょう。

こんな歌は印象が薄くなる

珍しい言葉やインパクトある言葉、外来語など、目立つ言葉を一首の中で重ねてしまうと、言葉同士がその効果を打ち消し合って、かえって印象が薄い歌になります。自分が一番いいたいことを浮き上がらせるためにも、インパクトのある言葉は一首につきひとつにしておきましょう。

話し言葉や数字を盛り込むと、一層おもしろい歌が創造できる

独特のリズムを生む話し言葉

歌を詠むのにさまざまなテクニックがある短歌では、会話を歌に入れるのも、ひとつの表現方法だ。**話し言葉を入れることで、独特のリズムが生まれる**ほか、やりとりしている情景など、イメージをふくらませることができる。

話し言葉をカッコつきで使用している例歌

「寒いね」と話しかければ「寒いね」と答える人のいるあたたかさ（俵万智）

「そら豆って」いいかけたまますそのまんまさよならしたの　さよならしたの（東直子）

数字も歌を引き締める

数字には、**句をすっきり**とさせる効果があるばかりか、数を重ねて**おもしろみ**を与えたり、唯一あるいは無数の印象を与えて**壮大な歌**にさせたりする効果もある。

歌の素材は日常生活のあちこちにある

さりげない会話やよくある台詞でも、短歌としての視点でとらえると、効果的な歌の素材になり得ます。上の一首目の例歌のように、「答える人のいる」という切り口が、この歌を作品に昇華させています。

また、数字も歌をおもしろくさせる要素です。**数を具体的にすることで強調したり、**

数字の例句

夏のかぜ山よりきたり 三百の牧（まき）の若馬（わかうま）耳ふかれけり（与謝野晶子（よさのあきこ））

百でもなく、一万でもなく、三百。
この数字が絶妙で、実感をわかせる。

人生はただ一問の質問にすぎぬと書けば二月のかもめ（寺山修司（てらやましゅうじ））

一人、一番、一葉など、一はよく使われる数字だが、
この歌は結句（けっく）に「二月」を詠み込み、不思議な響き合いがある。

冬の日に十指翳（かざ）せばおのづから指は捕獲（ほかく）のかまへとなれり（時田則雄（ときたのりお））

「両手」と表せるところを「十指」と表現。
これにより、指の一本一本が浮き上がり、身体的な力も生じる。

納得させたりできます。 上の例歌、三首目のように「両手」と表現できるところを、わざわざ「十指」としたことで指の一本一本が浮き上がってみえるという効果もあります。歌を作る際には、数字の効果も忘れずに。

短歌の偉人

旅を好み、各所で歌を詠んだ若山牧水（わかやまぼくすい）（1885～1928）は、生涯に約8700首の歌を詠み、全国に約280基の歌碑がある歌人です。「幾山河（いくやまかわ）越えさり行かば寂しさの終（は）てなむ国ぞ今日（けふ）も旅ゆく」が代表歌。また、大変な酒豪で知られ、「白玉の歯にしみとほる秋の夜の酒はしづかに飲むべかりけり」という歌も残している。

歌人への道 11

新しい言葉やルビなど、特殊な表現を使うときは……

新しい言葉など特殊な表現は注意が必要

短歌は新しい言葉には比較的寛容です。それが自分の表現に必要な言葉であれば、否定されません。ただし、ここで最も気をつけたいのが、ある程度多くの人が知っている言葉を使うこと。世間で浸透していない新しい言葉は、読み手に歌の意図が伝わりにくくなります。作品として意識するなら、知名度があって響

新しい言葉について

新しい言葉（メール、写メ、facebookなど）はそれを使う必要さえあれば、**使用して構わない**。ただし、使用する場合は、歌に普遍性をもたせることが重要。流行語は、それが流行ったときの状況説明としてだけ使うと、歌がすぐに古くなってしまう。

新しい言葉を使用した例歌

新着のスパムメールの水銀の滴（したた）るゆうべとなりにけるかも
（加藤治郎（かとうじろう））

「滴るゆうべ」を「スパムメール」の煩（わずら）わしい感じにかけた歌。新しい言葉を普遍性のある事柄につなげているところに、この歌の成功がある。また、新しい言葉を使用するときに注意したいのが、おおよそ**人が知っている言葉を使用**すること。あまりにも言葉が新しかったり、マニアックだったりすると、読み手に歌の意味が伝わらなくなる。

☑言葉にルビを振って、別のイメージを与えてみる

ルビとは「運命（さだめ）」など、ふりがなを振ること。**言葉に二重の意味をもたせたい**ときなどにルビをつける。ただし、これはあくまでも歌にバリエーションをつけるための技法。ルビつきの言葉が多すぎると、くどい印象を与えてしまう。

※本書のルビについて→14P

ルビつきの例歌

扉（ドア）の向うにぎつしりと明日　扉のこちらにぎつしりと今日、Good night, my door!（ドアよ、おやすみ）（岡井隆（おかいたかし））

［この歌は、ルビをあえて多用して英語と日本語の響きの違いを楽しめる作品となっている。］

☑そのほかの特殊な表現も歌のバリエーションに！

短歌の表記は自由度が高い。このような歌も立派な作品になる。

スパンコール、さわると実は★だった廻って●にみえてたんだね（穂村弘（ほむらひろし））

▼▼▼▼▼ココガ戦場？▼▼▼▼▼抗議シテヤル▼▼▼▼▼ＢＯＭＢ！（荻原裕幸（おぎはらひろゆき））

きがおもしろい言葉を使いましょう。

また、ルビも短歌のテクニックとして認めていますし、記号が使われることもあります。表現の自由さを利用して、歌を作ってみましょう。

短歌の偉人

中城（なかじょう）ふみ子（1922〜1954）は、戦後を代表する女性歌人。第一回『短歌研究』50首詠（後の短歌研究新人賞）で特選を受賞した逸材で、恋愛と闘病を歌の主要テーマとしていました。「冬の皺（しわ）よせゐる海よ今少し生きて己れの無惨（むざん）を見むか」が代表歌。評伝の『乳房よ永遠なれ』を原作とした映画も作られました。

一人称、二人称、言葉の選択次第で歌はこんなに違ってくる

おれ、わたくし、きみ、あなた……日本語はバリエーションの宝庫

一人称のバリエーションの例歌

ほんとうにおれのもんかよ冷蔵庫の卵置き場に落ちる涙は（穂村弘）

わたくしが港にならうたゆたひてしんと腐らす港にならう（紀野恵）

二人称のバリエーションの例歌

鍵をした窓から月の光差し君はいっぷう変わった壜だ（吉川宏志）

ぜんぶ忘れて似合う服を着ていたい次にあなたの前に立つとき（雪舟えま）

一人称＋二人称の例歌

きみはきみばかりを愛しぼくはぼくばかりのおもいに逢う星の夜（村木道彦）

ひと言、一音が歌を大きく変える

英語では私も僕も俺もすべて〝I〟ですが、日本語は一人称も二人称も、さまざまな表現方法があります。たとえば、「あなた」「きみ」のように、言葉によってイメージが変わるため、歌に詠み込む場合は、**印象も考えて選択するべき**でしょう。

さらに、表現の変化は結句の締めくくりにも左右されま自分のこと、相手のことを呼び表すときに、「わたし」「きみ」「ぼく」「あなた」「おれ」「YOU」など、どの言葉を選択するかによって、歌の雰囲気がまったく違ってくる。作歌するときは、**言葉の雰囲気も大切**にしなければならない。

✓ 歌のバリエーションはこんなところでもつく

終助詞の選択によっても、歌の雰囲気はだいぶ違ってくる。「だね」「かしら」「ぞ」「に」「よ」「ね」など多様な表現があり、歌の締めでもあるので、吟味したい。

荷車に春のたまねぎ弾みつつ　アメリカを見たいって感じの日だね
（加藤治郎）

水流にさくら零る日よ魚の見るさくらはいかに美しからん
（小島ゆかり）

一首目の「だね」を「かも」と推量に変えると、歌全体が不安定になるように、結句の締めは重要。最終的には、動かすことのできない言葉をみつけたい。

す。例歌のように「だね」と口語の断定にしたり、「からん」と文語の推量にしたりすることで、歌全体の雰囲気が変わります。ひと言、一音で印象も意味も変わりますから、よく考えて選択しましょう。

短歌の偉人

演劇実験室「天井桟敷」の主宰であり、歌人で脚本家で演出家で小説家でもあった寺山修司（1935～1983）は、言葉の錬金術師の異名をもつ人物。「マッチ擦るつかのま海に霧ふかし身捨つるほどの祖国はありや」が代表歌。俳人でもあり、句集のほか俳句入門書も残している。

短歌を作る近道は、短歌にあり！

名歌を鑑賞しよう

瓶(かめ)にさす藤の花ぶさみじかければたたみの上にとどかざりけり（正岡子規(まさおかしき)）

［家族が生けてくれた藤の花をみて詠んだとされている。

藤の花房が微妙に畳に届いていないその空間に、臥(ふ)していた子規がさまざまな感情を託した一首。］

夜の帳(ちょう)にささめき尽きし星の今を下界の人の鬢(びん)のほつれよ（与謝野晶子(よさのあきこ)）

［処女歌集『みだれ髪』の冒頭の一首。星の世界に住む人と人間社会とを対比させた。

非常に官能的でロマン的な作風は与謝野晶子ならでは。こういった「ならでは」の作風をみつけたい。］

赤茄子(あかなす)の腐れてゐたるところより幾程(いくほど)もなき歩みなりけり（斎藤茂吉(さいとうもきち)）

［赤茄子とはトマトのこと。写実的な歌を旨とする斎藤茂吉の歌だが、
トマトが腐って転がっている点に意味があるのかないのか、
読み手の想像にあえて答えをゆだねた歌と考えられる。］

向日葵は金の油を身にあびてゆらりと高し日のちひささよ（前田夕暮）

［向日葵が金の油を浴びたようにゆらりと高い位置で立っているが、その後ろの太陽が小さいと表現。向日葵と太陽の対比と、金の油の比喩が絵画的。］

白鳥は哀しからずや空の青海のあをにも染まずただよふ（若山牧水）

［韻律が美しく、和歌的な雰囲気も醸し出している。二句目で「や」を使っていったん切り、その後、空の青にも海の青にも染まらず漂っている白鳥の様に、自分自身の孤独感を重ねた。色の使い方が美しい一首。］

君かへす朝の舗石さくさくと雪よ林檎の香のごとくふれ（北原白秋）

［人妻と恋愛をしていた白秋が、朝になって帰って行く恋人を想って詠んだ歌。結句が「ふれ」と命令形で締めくくられている点に注目を。］

街をゆき子供の傍を通るとき蜜柑の香せり冬がまた来る（木下利玄）

［作者特有のやわらかで繊細な感性がよく出ている歌。平易で写実的な内容だが、日常的な感覚が普遍的で愛らしいイメージをもたらしている。］

現代短歌、投稿歌なども作歌の参考に！

倖(しあわ)せを疑はざりし妻の日よ蒟蒻(こんにゃく)ふるふを湯のなかに煮て（中城(なかじょう)ふみ子(こ)）

［『乳房喪失』で昭和二十九年にセンセーショナルな登場をしたのが、中城ふみ子。「蒟蒻」という言葉が歌の中で際立ち、心を象徴するものとしてほかの言葉に変えられない力をもっている。このように動かせない言葉を探したい。］

さくら花幾春かけて老いゆかん身に水流の音ひびくなり（馬場(ばば)あき子(こ)）

［現代を代表する歌人のひとり。文語を駆使(くし)し、しなやかさと力強さを合わせもつ。「老いゆかん」が「水流」と呼応し、ときの流れを体感させている。］

たつたこれだけの家族であるよ子を二人あひだにおきて山道のぼる（河野裕子(かわのゆうこ)）

［「たとへば君　ガサッと落葉すくふやうに私をさらつて行つてはくれぬか」の代表歌で知られる作者。家族をもち、母になってから詠んだのがこの歌。歌は人の人生を照らし出す。］

とほき日のわが出来事や　紙の上にふとあたたかく鼻血咲きぬ（小池光）

［短歌の言葉はなにも美しいものだけではない。「鼻血」という生々しい言葉も、表現の可能性を広げるきっかけとなる。大切なことは自分の感情を映す言葉を模索し続けること。］

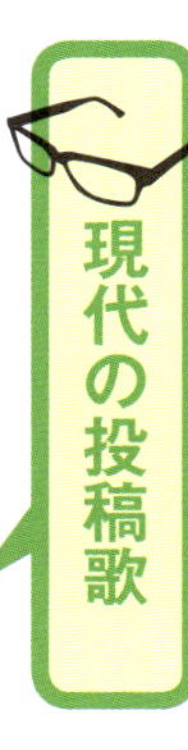

八月は生きていることが好き以外何もわからない少年兵（キノシタユウスケ）

［夏の盛り、子どもはその季節を謳歌する。その楽しさは説明できない程だ。しかし、結句の「少年兵」という言葉が歌全体に影を落とす。明暗が共存する歌。］

つむじ風、ここにあります　菓子パンの袋がそっと教えてくれる（木下龍也）

［二句目のあとに一字空けを入れることで、作者の視点が変わることがわかる。菓子パンの袋を通してつむじ風の存在を知ることができる。素材の切り口が優れている。］

青空にひろがる銅のあみだくじ君の窓まで声が繋がる（國森晴野）

［好きな人に思いを届けたいと願う恋の歌と読むことができる。電線を「銅のあみだくじ」とした表現が個性的で、それが「声」につながるという発見もある。］

歌人への道 15

あと一歩が肝心！実際の歌でみる推敲のポイント

実際に初心者が作った歌を推敲し、よい歌になるコツをつかもう

お題 「青春の思い出」というテーマで作歌

※作句のルールは、122Pへ

ポイント1 改行をとって、主語をはっきりさせた歌に変更を！

原歌

いい曲ね
売れない曲が
好きだった
もう名前すら
聞こえてこない

添削後

「いい曲ね」君があの日につぶやいたその歌手の名は聞こえてこない

短歌は改行せずに一行で表すのが基本。この場合は、すべて改行をとって一行に。また、原歌では主語が「君」なのか、「歌手」なのかわからない。関係性をはっきりさせるために、しっかりと人称を整理するとよい。

ポイント2 喫茶店をもう少し具体的に表現する！

原歌

あの人と　初めて行った　喫茶店　今でもそこに　あるでしょうか

添削後

二人して初めて開けた赤いドア今でもそこにあるのでしょうか

共感できるエピソードだが、原歌では感慨が一般的すぎるので、喫茶店の個人的なイメージを具体的に描くと歌が引き締まる。結句が六音なので、「の」を入れて定型に。

ポイント3

動詞の多さを解消してわかりやすい歌に！

原歌

すずめ鳴く母の呼ぶ声合唱に　目をこすり嗅ぐいつもの臭い

添削後

すずめ鳴き母呼ぶ声と響き合ういつもの朝のいつもの臭い

「鳴く」「呼ぶ」「目をこする」「嗅ぐ」といったように、動詞が多いため歌に混乱が生じている。動詞は一首につきふたつ、多くて三つに収めると歌がすっきりする。また、上の句と下の句は同じ時間内の内容なので、一字空けは不要。

ポイント4

日本語としておかしい表現は意味が通じるように変える！

原歌

午前二時ふと目が覚めて言葉した「共犯者にはいつ会えますか？」

添削後

午前二時夢が途切れて声響く「共犯者にはいつ会えますか？」

まず、「ふと目が覚めて」は慣用的な状況説明の言葉なので、「夢が途切れて」と変えて目が覚めたことを表現。続いて、「言葉した」が日本語として不完全なので、別の言葉に変えて整えると謎めいた歌になり読み手の意識を誘う。

歌人への道 16

短歌の腕を磨きたい人は歌会に参加してみよう

歌会に参加するには?

歌会は、短歌結社もしくは短歌好きのグループで歌を発表したり、意見を交換し合ったりする集まりのこと。歌会に参加するには、雑誌(結社誌)やインターネットなどで会の情報を得ることから始めましょう。ここで大切なことは、指導者や主催者の歌をあらかじめ読んで、自分の作風と合っているところを選ぶこと。興味をもったら、連絡を入れてみよう。

歌会の流れとは?

1 歌を作る

行く歌会が決まったら、各歌会のルールに従って作歌し、前もって提出する。数は歌会により異なる。結社の場合は、雑誌に掲載された歌を持参することが多い。

2 歌の一覧が配られる

歌会当日は、事前に提出した歌の一覧が配られる。歌は無記名で書かれている場合が多い。

歌会は歌を褒(ほ)め合う場ではなく意見交換する場

歌会は、結社と呼ばれるグループで行われているほか、短歌好きの人が数人集まって行っているものまであります。歌会に参加するときの注意は、事前に主催者の作品を鑑賞して、**自分の肌に合った会に参加すること。**作風は、歌集や雑誌、インターネットなどさまざまな方法で知ることができます。雑誌の広告欄の連絡先からアクセスして、会で発行している冊子を送ってもらってもいいでしょう。

　歌会では批評や意見交換なども行われます。褒め合う場ではなく、歌を作る力を切磋琢磨する場ですから、そのことを忘れずに参加しましょう。

③ 自分の名前で投票する

自分以外の作品でいいと感じた歌に点を入れる。選歌数は会によって異なる。この方式を「互選歌会」と呼ぶ。

④ すべての歌を読む

高得点順、全員で感想や解釈、批評を交換し合う。場合によっては、得点を発表しない場合もある。

歌会は批評し合う場ということを忘れずに。

歌会は褒め合う場ではなく、意見を交換し合って、腕を磨く場。提出したものが独りよがりの歌だったり、たとえが的外れだったりすると、読み手に歌の真意が伝わらず、議論の対象となる。

他人の意見を参考にしよう！

歌会に行ったからには、他人の意見は参考にするべきだ。多くの人が歌の真意をつかめないのなら、それは作者の言葉選びや表現に問題があったということ。他人に批評されることで自分の悪いクセなどもみつけられるので、今後の短歌人生の励みにするといいでしょう。

短歌の偉人

昭和30年代以降、「前衛短歌の旗手」と呼ばれる人物が登場しました。それが塚本邦雄（1920〜2005）、寺山修司、岡井隆（1928〜）です。独自の言葉と世界観は、昭和60年代以降、そして平成に続くニューウェーブと呼ばれる若手の現代歌人たちにも大きな影響を与えました。

Column

素朴な疑問に答えます!

歌を作る際にどんな辞書が役に立ちますか?

国語辞典は必要ですが、普段使いのもので十分でしょう。文語で歌を作るときには、古語辞典が役に立ちます。最近はそれらを電子辞書で持っている歌人も多くなりました。コンパクトで携帯もできるため、カバンに忍ばせておくと、歌の素材を見つけたときにいつでもどこでも意味などを調べることができます。

短歌に限定した辞典なら、岩波書店から出版されている『岩波現代短歌辞典』が役に立ちます。少し金額は張りますが、歌語ひとつひとつに例歌が多数載っているので、ほかの歌でその言葉がどのように使われているかを知ることができます。秀歌鑑賞が歌を作る力になりますから、ほかの参考書でも例歌が掲載されているものは重宝します。

歌が上手になるにはほかにどんなコツがありますか?

さまざまな歌を鑑賞する、歌会などでその力を磨くなど、短歌作りが上手になる方法はたくさんありますが、アンソロジーなどをよく読み、好きな歌人を見つけて、その歌作りを参考にするのも有効です。盗作はＮＧですが、お気に入りの歌人のリズム感やテクニック、発想の仕方など、エッセンスを抽出して歌作りに反映してみるといいでしょう。初心者にとって「倣う」は「習う」という意味ですから、先達の作品がなによりも参考になるはずです。

また、初心を忘れないことも重要。短歌は五七五七七の定型詩です。たとえ破調の作品でも、三十一音のリズムを意識して歌を作ること。基本がしっかりしていないと、作品としての力を出せなくなってしまいます。

勇気を出して、投句してみよう!

俳句公募ガイド

角川 全国俳句大賞

応募方法

専用応募用紙を請求の上、必要事項を記入し投句。もしくは、WEBサイトから応募用紙をダウンロードして投句。

応募規定

自由題二句、または自由題二句+題詠一句の組み合わせ。未発表のもの。二重投稿不可。※要投句料

応募先

〒102-0071
東京都千代田区富士見 2-13-3
角川学芸出版
「角川全国俳句大賞」係
http://www.kadokawagakugei.com/

毎日 俳句大賞

応募方法

専用の応募はがきでの郵送、またはWEBサイト内の規定の応募フォームに、必要事項をもれなく記入し投句。官製はがき、封書での応募は失格。

応募規定

二句一組で何組でも可。未発表のもの。二重投稿不可。※要投句料

応募先

〒100-8051
東京都千代田区一ツ橋 1-1-1
毎日新聞社出版局
「毎日俳句大賞」事務局
http://books.mainichi.co.jp/HaikuContest/index.html

朝日俳壇

応募方法

はがきに作品を一作品記入し、住所、氏名、電話番号を明記して郵送。

応募規定

はがき一枚に一作品を記入のこと。未発表の自作に限る。二重投稿は不可。

応募先

〒104-8661
東京・晴海支店私書箱300号
「朝日俳壇」
http://www.asahi.com/shimbun/

NHK俳句

応募方法

はがきに作品を一作品記入し、住所、名前(ふりがな)、年齢、電話番号を明記して郵送。もしくは、WEBサイトより投句。

応募規定

はがき一枚に一作品を記入のこと。未発表の自作に限る。二重投稿不可。

応募先

〒150-8001
NHK「NHK俳句」係
http://www.nhk.or.jp/tankahaiku/

発表できる場はたくさんある！

川柳公募ガイド

きらり☆川柳

応募方法
WEBサイトの応募フォームより、必要事項を記入して投句。もしくは、はがき一枚に作品を記入のうえ、氏名（ペンネーム）、年齢、性別、住所、連絡先明記して郵送。

応募規定
題詠二句、または題詠一句のでも可。未発表のもの。二重投稿不可。

応募先
〒150-8001
NHK「こんにちはいっと6けん」川柳係
http://www.nhk.or.jp/shutoken/6ken/senryu/index.html

仲畑流万能川柳

応募方法
はがきに作品を記入し、郵便番号、住所、氏名（本名）、年齢、電話番号を明記して郵送。

応募規定
はがき一枚に五作品までを記入のこと。未発表の自作に限る。柳名（筆名）は五文字まで。

応募先
〒100-8051
東京都千代田区一ツ橋1−1−1
毎日新聞社「万能川柳」係

よみうり時事川柳

応募方法
はがきに作品を二句まで記入し、住所、氏名、年齢、性別、電話番号、筆名（なくても可）を明記して郵送。もしくは、WEBサイトの応募フォームに必要事項を記入して投句。紙面に掲載されたQRコードからも応募可能。

応募規定
WEBからの投句は一回四句まで。未発表の自作に限る。二重投稿は不可。ファクスやメールでの投句も不可。

応募先
〒103-8601
郵便（株）日本橋支店留、
読売新聞東京本社「時事川柳係」
https://qooker.jp/Q/ja/jiji/senryu/?pd[13]=pc

月刊川柳マガジン新鋭柳壇

応募方法
「月刊川柳マガジン」の専用投句用紙に句を記入し、必要事項を明記して郵送。

応募規定
題詠二句、柳歴五〜六年。未発表の自作に限る。二重投稿不可。

応募先
〒537-0023
大阪市東成区玉津1-9-16 4F
新葉館出版
「月刊川柳マガジン　新鋭柳壇」係

腕試しと短歌力をつける！

短歌公募ガイド

歌壇賞

応募方法

B四判（四〇〇字詰）原稿用紙（印字する場合も同様）を使用し、冒頭に作品の表題と氏名を明記し、右肩をとじる。別紙に①氏名（ふりがな）②生年月日③性別④郵便番号・住所⑤電話番号⑥所属結社・略歌歴を記入。封筒に「歌壇賞作品」と朱書して郵送。
※選者・東直子ほか四名

応募規定

未発表短歌作品三十首。

応募先

〒101-0064
東京都千代田区猿楽町 2-1-8
三恵ビル　本阿弥書店
「歌壇」編集部
http://homepage3.nifty.com/honamisyoten/

ダ・ヴィンチ「短歌ください」

応募方法

WEBサイトから投歌。

応募規定

未発表の自作に限る。「自由詠」は随時受付。※選者・穂村弘

応募先

ダ・ヴィンチ電子ナビ
「短歌ください」
http://ddnavi.com/tanka/

NHK短歌

応募方法

はがきに作品を一作品記入し、住所、名前（ふりがな）、年齢、電話番号を明記して郵送。もしくは、WEBサイトより投歌。

応募規定

はがき一枚に一作品を記入のこと。未発表の自作に限る。二重投稿不可。

応募先

〒150-8001
NHK「NHK短歌」係
http://www.nhk.or.jp/tankahaiku/

文芸選評

応募方法

一枚のはがきに作品を三首まで記入し、作品を書いた面と同じ面に住所、氏名、電話番号を明記して郵送。
※選者・篠弘

応募規定

未発表の自作に限る。※短歌の放送は第三週目の土曜日。締め切りは放送日の十日前（前の週の水曜日）。

応募先

〒150-8001
NHKラジオセンター
「文芸選評短歌係」
http://www.nhk.or.jp/r1/bungei/

監修者プロフィール

俳句監修●坊城俊樹（俳人）

俳誌『花鳥』主宰。日本伝統俳句協会常務理事。国際俳句交流協会監事。日本文藝家協会会員。ＮＨＫ文化センター講師をはじめ、信濃毎日新聞「フォト×俳句」の選者のほか、「NHK俳壇」の選者も務めた。句集に『零』『あめふらし』（ともに日本伝統俳句協会）、著書に『丑三つの厨のバナナ曲るなり』（リヨン社）、『坊城俊樹の空飛ぶ俳句教室』（飯塚書店）などがある。

川柳監修●やすみりえ（川柳作家）

全日本川柳協会会員。川柳人協会会員。文化審議会国語分科会委員。恋を題材に詠んだ句で幅広い世代から人気を得る。抒情（じょじょう）的川柳を提唱し、多数の企業や市町村が公募する川柳の選者・監修を務めるかたわら、全国各地で初心者向けの川柳教室を多数開催。メディアへの出演も多い。句集『ハッピーエンドにさせてくれない神様ね』（新葉館）、著書に『やすみりえのトキメキ川柳』（浪速社）などがある。

短歌監修●東直子（歌人）

現代歌人協会理事。平成８年、「草かんむりの訪問者」で第７回歌壇賞を受賞。その後、「NHK歌壇」の選者も務める。近年は短歌のほかに小説やエッセイ、絵本等の執筆にも力を入れている。歌集は、『春原さんのリコーダー 』『青卵』（ともに本阿弥書店）、『十階』（ふらんす堂）など。著書に小説『とりつくしま』（ちくま文庫）、『トマト·ケチャップ·ス』（講談社）、エッセイ集『耳うらの星』（幻戯書房）などがある。

本文デザイン｜山田梓湖（Zapp!）
イラスト｜本田　亮
進行｜上杉貴雅（ケイ・ライターズクラブ）
構成・編集｜梶原知恵（ケイ・ライターズクラブ）

50歳からはじめる
俳句・川柳・短歌の教科書

監修　坊城俊樹　やすみりえ　東直子
発行者　田仲豊徳
発行所　株式会社滋慶出版／土屋書店
〒150-0001 東京都渋谷区神宮前 3-42-11
Tel　03-5775-4471　Fax 03-3479-2737
HP　http://tuchiyago.co.jp/
E-mail　shop@tuchiyago.co.jp
印刷・製本　日経印刷株式会社